『嵐のルノリア』

リンダは、いつも首から肌身はなさずかけている水晶の護符をまさぐりながら、恐怖の悲鳴をあげていた。(73ページ参照)

ハヤカワ文庫JA
〈JA633〉

グイン・サーガ71

嵐のルノリア

栗本　薫

早川書房
4534

RUGGED ROUNORIA

by

Kaoru Kurimoto

2000

カバー／口絵／挿絵

末弥　純

目次

ルノリア——多年生の植物。原産地はパロ南部のカラヴィアからダネイン大湿原。歴代の王朝によってクリスタルに運ばれ、宮廷内にも栽培されるようになる。高さは最大で一・五タールくらいまで育つ。葉は深緑で広葉樹。花は真紅。実は赤く丸い。食用には適さないが、においがいいので、室内に防臭剤としておかれることもある。湿地を好み、多くの水分を必要とする。花の散りかたが派手な花のみかけによらずいさぎよいとして、「ルアーのバラ」とも呼ばれている。ごくまれに白、ピンクの花がさくものもある。

アキニウス「植物図鑑」より

〔クリスタル市／中心部〕

ル区
↑至ジェニュアの丘
ランズベール川
アルカンドロス橋
ンズベール通り
ヤヌス通り
ヤヌス大橋
東クリスタル区
《アムブラ地区》
アーリア橋
ミロク神殿
サリア大通り
アーリア通り
ヤヌス川
ルアー神殿
サリア神殿
サリア南通り

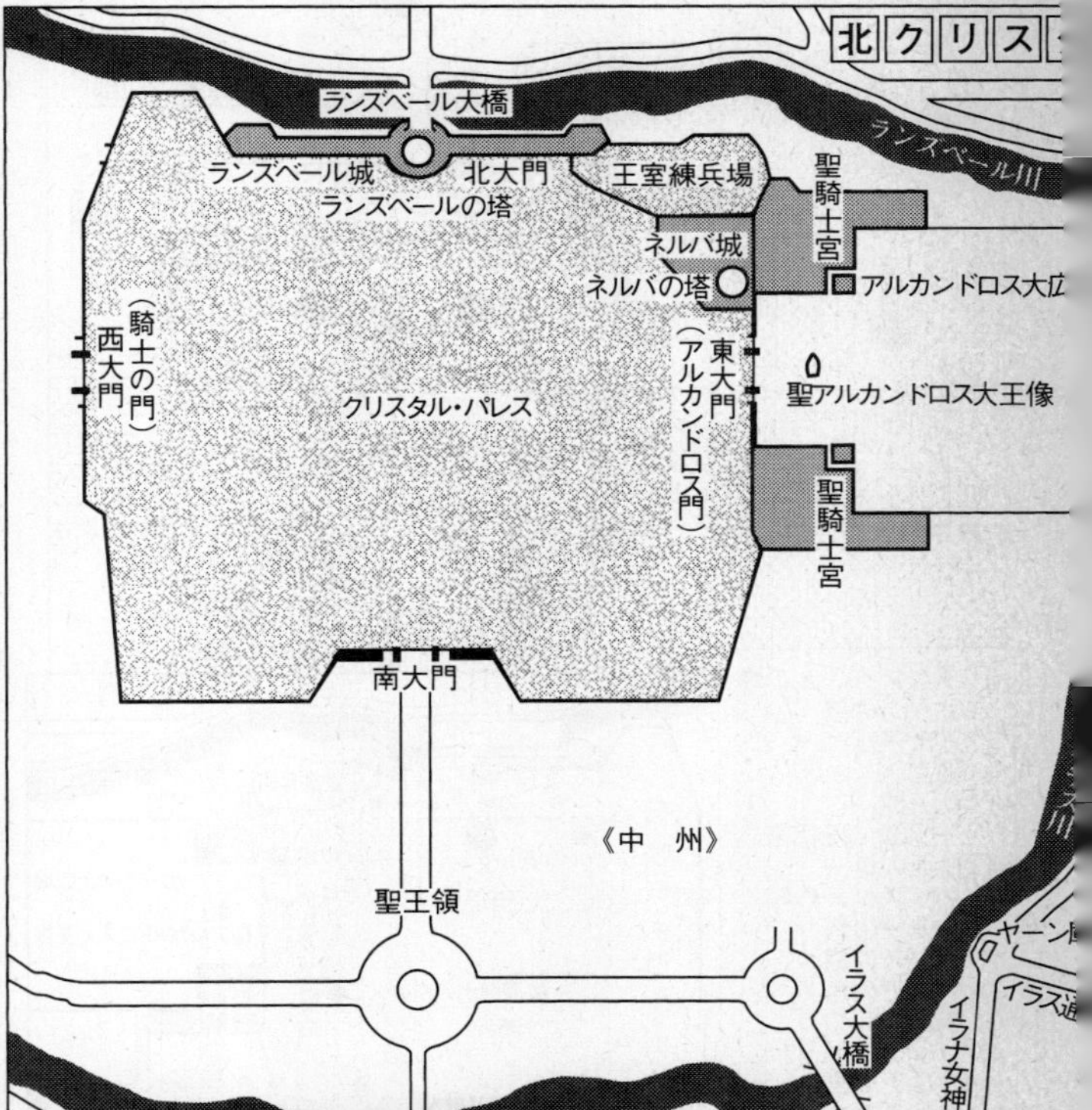
北クリス
ランズベール大橋
ランズベール川
ランズベール城
北大門
ランズベールの塔
王室練兵場
聖騎士宮
ネルバ城
ネルバの塔
アルカンドロス大広
西大門
（騎士の門）
東大門
（アルカンドロス門）
聖アルカンドロス大王像
クリスタル・パレス
聖騎士宮
南大門
《中　州》
聖王領
ヤーン
イラス大橋
イラス通
イラナ女神通り
護民庁街
暁通り
南クリスタル区

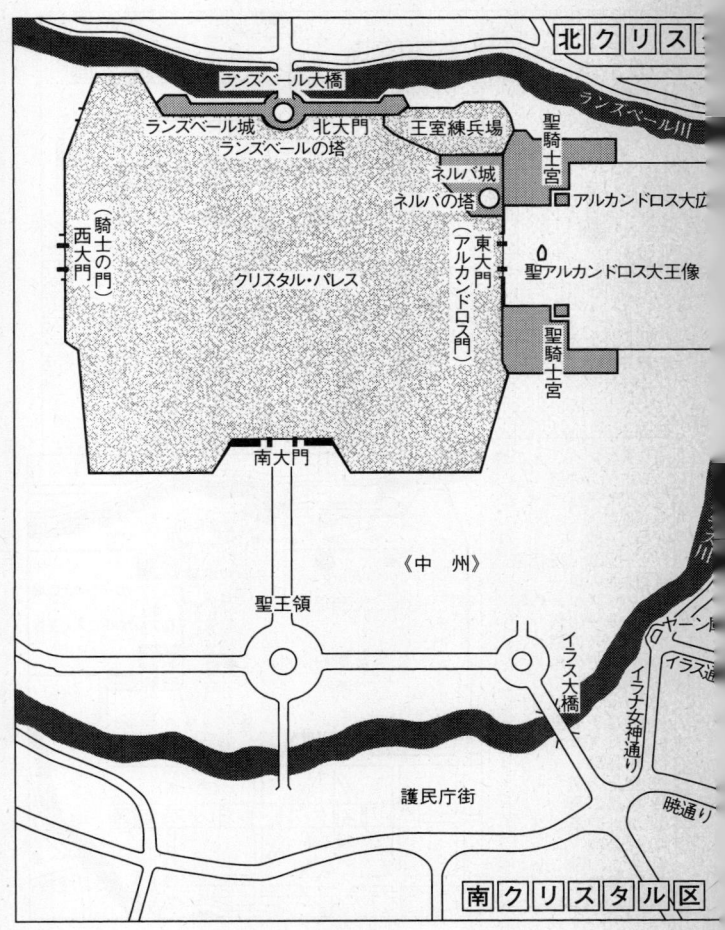

〔クリスタル・パレス〕

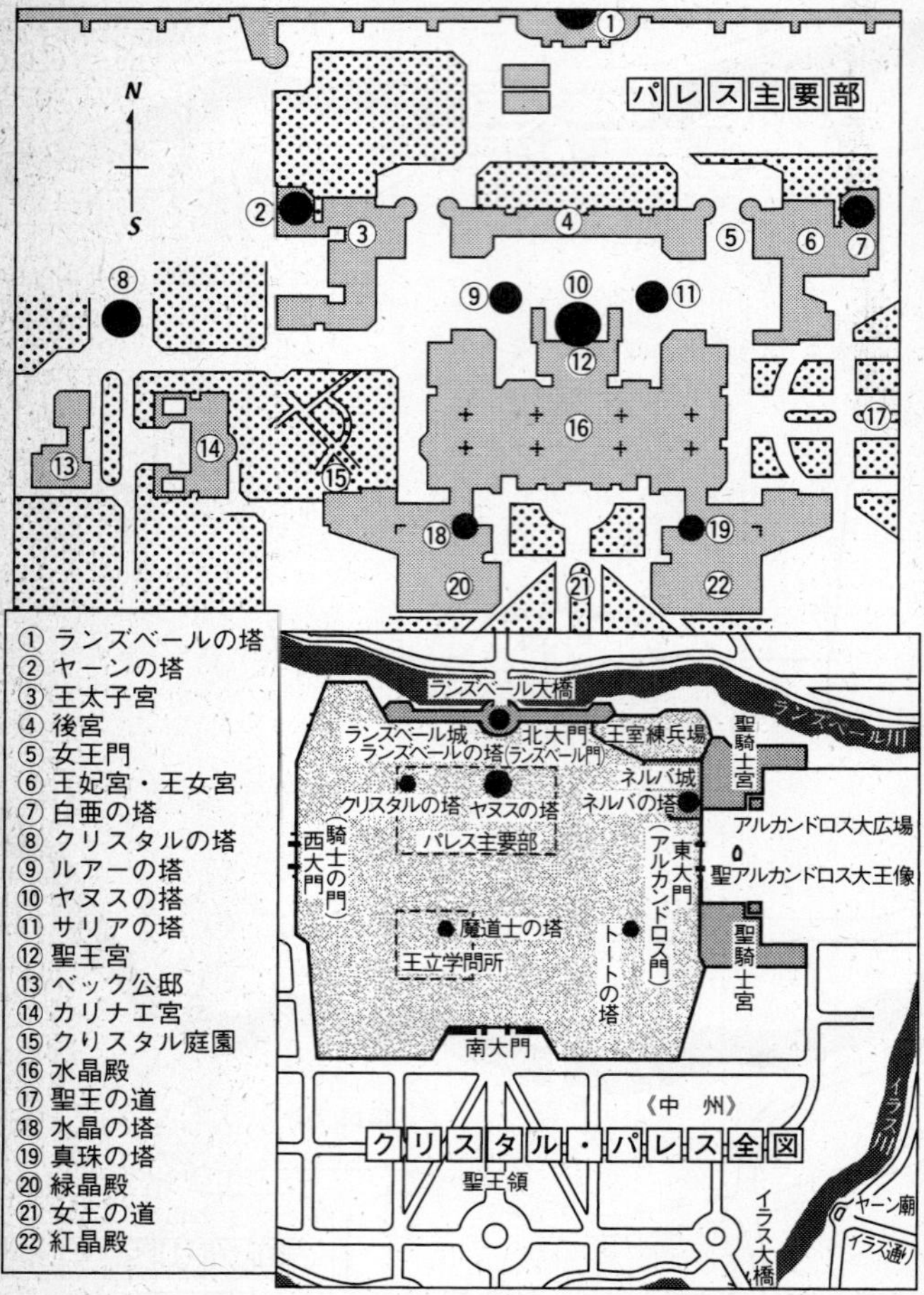
パレス主要部
N
S
① ランズベールの塔
② ヤーンの塔
③ 王太子宮
④ 後宮
⑤ 女王門
⑥ 王妃宮・王女宮
⑦ 白亜の塔
⑧ クリスタルの塔
⑨ ルアーの塔
⑩ ヤヌスの塔
⑪ サリアの塔
⑫ 聖王宮
⑬ ベック公邸
⑭ カリナエ宮
⑮ クリスタル庭園
⑯ 水晶殿
⑰ 聖王の道
⑱ 水晶の塔
⑲ 真珠の塔
⑳ 緑晶殿
㉑ 女王の道
㉒ 紅晶殿
ランズベール大橋
ランズベール川
ランズベール城
北大門
ランズベールの塔（ランズベール門）
王室練兵場
聖騎士宮
ネルバ城
ネルバの塔
クリスタルの塔
ヤヌスの塔
パレス主要部
西大門（騎士の門）
東大門（アルカンドロス門）
アルカンドロス大広場
聖アルカンドロス大王像
魔道士の塔
王立学問所
トートの塔
聖騎士宮
南大門
《中　州》
クリスタル・パレス全図
聖王領
イラス川
イラス大橋
ヤーン廟
イラス通り

嵐のルノリア

登場人物

アルド・ナリス……………………………パロのクリスタル大公
リンダ………………………………………クリスタル大公妃
ヴァレリウス………………………………パロの宰相。上級魔道師
カイ…………………………………………ナリスの小姓頭
ヨナ…………………………………………王立学問所の教授
ランズベール………………………………パロの侯爵
リーナス……………………………………同官房長官。聖騎士伯
オヴィディウス……………………………リーナスの義兄。聖騎士侯
ダンカン……………………………………カリナエ宮殿の執事
ガウス………………………………………同家令
デビ・アニミア……………………………同女官長
レムス………………………………………パロ国王
ヤンダル・ゾッグ…………………………キタイの竜王

第一話　暴風雨

1

水晶の都に、雨がふる。

パロで——ましてや、クリスタルの都に、雨季以外に雨がふることは、きわめて珍しい。湿地帯のダネインや、それに近い、かなり南のカラヴィア、カレニアあたりでは、かなり激しい雨季があるが、クリスタルでは、たとえ雨季といえどもそんなに大雨がふることはあまりない——むろんまったくふらぬわけもないが、大雨などというのは、めったにはない、歴史に記録されるような出来事なのだ。そして短い雨季がおわれば、ほかのシーズンには、クリスタルでは、めったに雨はふらぬ。

それに、クリスタル・パレスでは、雨となると、ただちに水晶の屋根や天蓋がいっせいに持出され、あちこちのプロムナードをおおいつくしてしまう。

だから、じっさいには、クリスタル・パレスのひとびとは、雨がふったとて、雨をその身に感じることも、華麗な貴婦人たちのドレス、貴族たち、武将たちの美しい正装が濡れることもない。それもまた、クリスタルには、雨がふらぬ――というひとびとの印象を、ひそかに強めるに役立っているのかもしれなかった。

だが、その朝――

珍しくも、クリスタルは、雨であった。

「ナリスさま」

起こしにきたカイが、声をかけたとき、ナリスは、もう、ベッドのなかで目覚めていた。それもまた、珍しくはない。ナリスはもともとひどく眠りが浅い上に、ずっとベッドについているようになってからは、ほとんど夜寝られないで苦しんでいることさえも少なくはない。それで、ようよう明け方になってから眠りにつくようなこともまれではなく、それゆえ、ナリスの朝、というのはたいていかなり日が高くなってからはじまるのだった。

「きょうはなんと、雨でございますよ。――窓をあけて、ごらんになりますか」

「ああ」

起き抜けは、いためつけられたのどが、ことさら調子が悪く、何回も咳払いしてからでないと声を出すこともできないのだ。ナリスの声はかすれて低く苦しそうだった。

「お加減は、いかがでございますか？」

カイはそっとカーテンをあけながら、優しく云った。

「おやすみになれましたか？」

「ああ、なんとか、少しはね。――お客人たちは、どうなさったの、カイ」

「お帰りになるかたはなられ、おまちになるかたはおまちになっておられ——それぞれにしておいでてございます。ヴァレリウス宰相はもう、昨夜のうちにお帰りになりましたが」

「ああ、そう」

「お、おめざのお飲み物は、おあがりになれますか？」

「ああ、カラム水をね。——そのまえに、顔を」

「かしこまりました」

カイが、カーテンをあけ、支度をしてくるとひきさがったあとに、ナリスは、ベッドの上で、じっと奇妙なおももちで窓の外を見つめた。

(雨……)

(珍しい、クリスタルの雨……)

(水晶の都に……雨がふる……)

だれかの涙雨なのか——しっとりと、銀の糸のような雨が、やさしく、ひそやかに、ナリスの寝室の窓からみえる庭園の緑をたたいている。雨といっても激しい雨ではない。だがやむ気配もない、すべてをしずかな無音のなかにくるみこんでしまうような雨だ。

それは、またとなくやさしい美しい、ひそやかな哀しみをさえ誘うような光景だった。つややかな緑の葉に雨のしずくがおち、そして葉の端をつたわってころがりおちる。板水晶をはめこんだ窓に、雨のしずくがいくつも細い流れを作っている。

「カイ」

カイが用意をととのえてきて、ナリスに洗顔をさせ、手水をつかわせ、そして髪の毛をさっとくしけずって、朝の用意をととのえてやるあいだ、ナリスはぼんやりと人形のようにされるままになりながら、窓の外を見つめていたが、それから、思いだしたようにいった。

「はい、ナリスさま」

「きょうは、入浴はあとにしよう。その前にからだだけ拭いて貰って……ちょっと、ルノリアの庭園に連れていってくれるかな」

「かしこまりました。おからだには、おさわりになりませんか」

「大丈夫だよ。きょうは、思ったより……からだを動かしてみると気分がいい。リンダは？」

「さきほど、いったん、アドリアン子爵閣下をお送りに、馬車でお出かけになりました。――子爵閣下は宮廷へご挨拶にゆかれてから、お国元へいそぎお戻りになるそうで、ナリスさまにはお目通りできないが、よしなにお伝え下さい、ということでございました」

カイはしっかりした口調でいう。

「必ず、お約束をはたし、父を動かしてお目にかけましょう、吉報を持って戻るまでは、もうクリスタルへは戻りませぬ、と申されておいででございました」

「そう……」

ナリスは夢見るようにいった。

「あの少年にも……私はそんな運命を運んできてしまったのだろうか……」

「はい？　ナリスさま？」

「なんでもないよ。――カイ」

「はい」

「これまで、きいたこともなかった……カイ、お前、言い交わしたひとはいるの？」

「何をおっしゃいます」

カイは破顔した。何のためらいも秘密もない笑顔であった。

「わたくしにどうしてそのようなものがおりましょうか。――わたくしは、いつも、朝から晩まで、ナリスさまのおそばにおります。言い交わした女など、いようはずもございません」

「そうか。――私が、お前からも、お前の自由な時間と生活を奪ってしまっているのかな。私はずいぶんと罪深い人間なのだね、カイ」

「何をおっしゃいますことやら」

カイは笑った。

「わたくしが、心から望んでお仕えさせていただいていることでございます。――わたくしは一生、ナリスさまのおそばにさえいられれば、それでもう何ひとつ望みはいたしませんから」

「でも、お前はまだ若い。――ことがいよいよはじまる前に、ひまをとらないか、カイ。そして……妻をめとり、どこかのしずかな地方で平和に暮すことを考えても遅くはない……」

「何をばかな……失礼いたしました。いえ、でももう、そのようなことはおっしゃらないで下さいまし」

カイは苦笑した。ずっと朝も夜もつきそっていて、誰よりもあるじの気性とその運命の変遷をその目で見続けてきている。カイの笑いには、どこか、ヴァレリウスと似たものがあった。

「もう、血判もおさせていただきました。親との縁も先日頂戴したお休みのときに切ってまいりました。もう親もとに迷惑のかかることもございませんし――何も思い残すことはございません。あとのわたくしの生涯はすべて、ナリスさまのものでございます」

「お前はまだ若いのに――」

つぶやくようにナリスはいった。カイは黙って、ナリスの朝の支度の続きをさせ、それから、車椅子にナリスをかかえ乗せて、ナリスが朝のカラム水をのみおわるのを待って、ナリスの希望どおり、ルノリアの園にナリスを連れていった。

そこも、水晶の天蓋がかけられて雨をふせいでいる。ナリスは庭番に命じて、半分だけ、天蓋をはずさせた。

「本当は、植物だって、天のめぐみの雨にふれたほうがここちよいかもしれないのだよ」

ナリスは微笑した。

「私もね……スカールにいわれたよ……もっと、もっと、草原にいって、太陽と風とにあたってすごせば、もっともっと健康になれる、とね」

「でも、ナリスさまは、草原のあらくれた騎馬の民などとは、おからだの出来がお違いになりますから」

カイは頭から本気にしたようすもない。ナリスは、物思わしげな目に、銀の糸がひっきりなしにふりかかるルノリアの園を見つめた。

いまをさかりと咲き誇る絢爛なルノリアの花は、もえたつ炎のように庭園をつつみこんでいる。雨をうけて、いっそうその真紅は燃え盛るかに思われる。ナリスはカイにせがんで、天蓋をはずした境界のところまで車椅子を押していってもらい、そっとその白い、かぼそい手をさしだして、てのひらに雨を受けようとした。

「ナリスさま。――お濡れになりますよ」

「かまわないよ、カイ。――めったにないことだもの、クリスタルの雨」

「そうでございますね……」

「それに、ながいことマルガにいたから……マルガでは、ルノリアは咲かないのだよ、どういうものかね。たぶん地味がむいていないのかもしれないけれど。マルガの花々はもっとさびしげな、ひそやかなものばかりだ。いまの私のようにね」

「何をおっしゃることやら」

またカイは笑った。ナリスはそっと、ひどく物珍しそうに、細い指さきにルノリアの花の濡れた花弁にふれ、その白い手をうつ雨のしずくに興じているようだった。

「美しいね。雨に濡れたルノリア――雨にうたれる炎」

「さようでございますね……」

「どのような試練にあってもいっそう燃え立つ炎の花」

つぶやくようにナリスはいった。

「まるで、私の——私の愛する妻のようだ。……このごろ、私は……昔愛していた涼やかなロザリアや高貴な珍しいナタリアよりも、どういうものかひどくルノリアにひかれるのを感じるよ。……この真紅を、以前はむしろ凶々しいと思い、いとうていたこともあったのだけれどもね」

「……」

「この花……」

ふいに、ナリスは、力ない手に力をこめた。ルノリアの枝を一枝おりとろうとしたが、木の花は力強く、ナリスのかよわい手でもぎとられることをこばんだ。強烈なルノリアの芳香だけがぷんとにおいたつ。

「おとりいたしましょうか？」

「いや……咲かせておいてあげよう。私には、折り取られたくないのだろう」

ナリスは苦笑して手をはなした。

「戻る、カイ。居間のほうへ」

「かしこまりました。お食事になさいますね？」

「ああ。——きょうはちょっと胸がつかえているようで、あまり重いものは食べられそうもないけれどもね」

「では、軽めのものをそろえてご用意いたしましょう。ちょっとおまち下さいまし」

カイが、ナリスを居間にくつろがせ、食事の支度を命じに去っていってしまうと、ナリスはひとりになった。

ナリスはちょっとの間、奇妙な憂わしげな瞳でここからも見える窓の外の雨を見つめていた。それから、カイが車椅子を机のすぐそばにおいていってくれたので、おぼつかぬ手をのばして、机のひきだしを開いた。ようやく、そのくらいの動きはなんとか、ゆっくりとならできるようになっていたのである。

(ケイロニア豹頭王グインどの、パロ・クリスタル大公アルド・ナリス)

ナリスは、ひきだしのさらにその下に隠されている、隠し引出しをあけると、そこにひそめてあった巻物の手紙の上書きをじっと見つめた。その目にかすかに満足そうな色がうかんだ。

その引出しにはもういくつかの手紙が入っていた。リンダにあてたものもあったし、レムスにあてたものもあった。そして、「ヨナに託す」と書いたものもあった——その一通だけは上級ルーン語で書かれていたので、それを知らぬものにはまったく読めなかっただろう。それらの手紙を確認すると、ナリスはゆっくりとその隠し引出しをとじ、引出しをとざして、ひどく苦労しながら机に車椅子をよせ、ひろげてある羊皮紙に、おぼつかぬ手で羽ペンをとりあげて、そこに書きかけてある別の手紙か書類の続きを書きはじめようとした。

「――まったく、役にたたぬからだになってしまったものだな」

ナリスの唇から、おのれをあざけるかのような苦笑がもれた。ナリスはあえぎながらペンをおくと、メモをとるのをあきらめ、かわりに何かしきりと頭のなかで思いをめぐらしていた。そこにカイが入ってきた。

「お食事のご用意ができました。――リンダさまは、宮廷に立ち寄られてアドリアン子爵をお下ろししてから、ただちに戻られるゆえ、ご夕食は間違いなくご一緒できるということでございます」

「ああ、そう。――カイ、この机の上に、クリスタルの地図をひろげて。その下に、パロ全図をひろげておいて――ああ、でも、駄目だね。重ねてあると私の手では思うようにとれない――ではこうしよう、パロ全図を壁に張ってくれないか。この机のすぐ前の壁に。そしてクリスタルの地図を机の上に」

「かしこまりました。――このようでよろしゅうございますか」

「ああ、それでいいよ。――ふむ……」

ナリスの目がわずかに細められ、じっさいの町並み、宮殿のようす、そしておのが国のようすを頭のなかに組み立て直してみるかのように地図を目で追ってゆく。

（やはり……ヴァレリウスのいうとおり、カレニアに出たほうが……勝算は高いのだろうか。ただ問題は、その場合、ヤヌスの塔にどうやってこの私があやしまれずに近づけるかということだ……もうひとつは、リンダ……リンダを先にカレニアに出すか……それとも、いっそカレニアで療養すると国王に願い出て、正式の行幸として許可をとってしまったほうが確実だろうか……だがそれは却下されてしまえばそれまで、もう前よりもっと身動きがとれなくなる）

（私のからだが思いどおりにさえなれば……）

ナリスは、ふと目をあげ、心配そうに見つめているカイにむかって安心させるように微笑んでみせた。

（なんと、奇妙なことだろう……）

その目がふと遠くなり、窓の外にしとしととふりしきる、クリスタルの雨を見つめた。

（反乱を決した朝――いや、それは……もうずいぶん前に決めたことだけれども、いよいよ蜂起まであとひと月もないと日にちを決した朝だと思うからか……どうしてこのように、何もかもが、まるで生まれてはじめて目にするかのように――雨も、ルノリアも、そして世界も……新鮮に、しかもひっそりとしずまりかえって見えるのだろう。……そうだ、まるで、生まれたばかりの子猫がはじめて目にする世界のように、木々の緑もルノリアの真紅も建物のすきとおる白も――あまりにも、まざまざと新鮮に美しく――世界とは、こんなにも美しいところだったのだろうか……）

「ナリスさま」

カイが不安そうにそっと声をかける。

「どう、なさいました――？」

「どう……って、私は、どうかしていた？」

「なんだか……ひどく奇妙な笑いかたを……なさいました……」

カイは口ごもった。

「なんだかひどく――ひどく、すきとおるような……なんだか、そのう……」

「どうしたの。おかしな子だね、カイ――もう私のそばに十二年もいて……私の笑いなど、いやというほど見慣れているんだろうに」

「はい」

カイは奇妙な、にわかな不安に胸をつきあげられたような目で、じっと熱愛するあるじを見つめていた。

「でも……」

「どうしたというの。気が立っているの？　珍しいね、いつも一番冷静なお前が」

「いえ……あの……」

「雨のせいだろうか。……なんだか何もかも、はじめて見るような気がする……そう思っていたんだよ。……この庭も、カリナエのここからみえる建物の白さも、そしてルノリアの花も……雨というのも、たまには気のかわっていいものだね」

「は……はい……」

「どうしたの。本当に、お前は、変だよ、カイ――なんだかまるで、怖いものでも見るような目で私をみている。どうしたというの」

「申し訳ございません」

　カイは云った。

「お食事のお支度が出来ております。こちらにお運びいたしますか」

「いや……折角の雨だから、サンルームで、雨にうたれる庭園を楽しみながらいただくことにしよう。……そのほうが少しは食欲も出るだろう。――それから、また、あとで少し手紙を口述したいから、食事がおわってひと休みしたら頼むね。さっき、自分でペンをとってみようとしたのだが、腕がだるくて」

「あとで、おみ腕をおさすりいたしましょう」

　カイはつぶやくようにいった。まるで、何かの不安なおののきをおのれ自身のなかからふりはらうかのようにみえた。

「ナリスさま……」

「どうしたの、カイ」

　ナリスはいぶかしそうに、車椅子をおしはじめるカイを肩ごしにふりあおいだ。

「一体、どうしたの……本当に、きょうのお前はなんだかいつもと違うよ」

「申しわけございません。きっと……雨のせいでございましょう。わたくしも……雨など、見ることはあまりございませんから……」

　カイはわびた。

「なんだか……」

（なんだか、ナリスさまが……まるで……どこか遠くにいってしまわれそうで、とても……とても不安になって……）

そのことばを、口のなかで無理やりにかみころす。ひびかないよう気をつけて、そっと車椅子を押してゆきながら、カイの目にはいつのまにか、うっすらと、自分自身にも故知られぬ涙がにじみはじめていた。

雨は、しとしとと、激しくなることもなく――だがたゆみなく、降り続いている。

クリスタルの雨――

それは、まことに、ことにこの季節には珍しいものであった。

まるで、全市が美しい半透明のレースのカーテンにつつみこまれたかのように、美しいクリスタルの都は、しっとりとした灰色の雨空の下にもやっている。さすがに宮殿以外のところでは、いかな優雅と繁栄の都パロといえども、水晶の天蓋などかけわたして都全体をつつむまでの豪奢はのぞむべくもない――富豪の家や、大貴族の家だけは、そうしているだろうが。

道路はしっとりと濡れ――アムブラも、アルカンドロス広場も、そして女神通りやサリア大通りも珍しい銀色の雨に濡れた。雨は夜のあいだにふりだしていたので、露店はあわてて店をひっこめることはなくてすんだが、そのかわりに商売を出すこともできず、路上に店を出す小さな商人たちはぼんやりと水ぎせるを吸いながらあちこちにたむろして、雨の町を見つめて世間話でもするほかはない。馬車ががらがらと馬にひかれてわだちの音をたてながら石畳を通って行く――そのわだちの音も、ひづめの音も妙にしっとりと吸い込まれるようにきこえる。町全体が、妙にいつになくひっそりと、そしてためらいがちに、眠ってでもいるかのようによどんで、沈んでいる。

「たまにゃ、いいお湿りだよ」

商人たちは、自分たちに納得させるようにいいあった。

「そうでないと、木々も花も気の毒だからな。……これはこれで、いいお休みにならあ。たまにはこんな日もあってもいいな」

雨は、なかなか、やまなかった。

それどころか、ひるすぎになると、まだ、日は高いというのに、珍しくも、重たい黒雲がやわらかな灰色の雨雲におおわれていたクリスタルの空にしのびより、いつのまにか、まるで夕方のように世界を暗く、重たく包んでしまった。雨足はしだいに少しづつ、少しづつ激しく、しげくなってゆくように思われ――もう、そこにはあの繊細なレースのようにこまやかに花々を叩く銀の糸の雨の優雅はなかった。

ナリスは、まだひどくなりそうだとみて、また庭園の天蓋をもとに戻させた。天蓋の上を激しく雨がうつ音が、しだいに大きくなってゆく。

「ナリスさま」

カイが、火種を持って入ってきて、あちこちの燭台に火をともしてまわりはじめたときには、まだ夕刻まではずいぶん間があるのに、あかりをつけなくては真っ暗になってしまうくらい、世界は、墨を流したように暗い空の下で、すっかり夜のようにみえていたのだ。

「ああ、有難う、カイ」

「なんだか、本当に珍しい天気になりましたですね」

カイはちょっとたかぶりを覚えながらいった。そうでなくても、嵐だの——時ならぬ天候の異変などというものは、ひとの心をふるわせるところのあるものだ。そして、かれらには、そうして心をふるわせる理由は充分にあった。

「まるで——まるで天も、ナリスさまの思いをご存じでもあるかのような……」

「まるで、夜のようだね」

「カーテンをおしめいたしましょうか」

「とんでもない。いま、お前がきたらそこの窓をあけはなってくれと、頼もうと思っていたところだよ」

「何をおっしゃいます。窓などあけたら、雨がふりこんで——だいぶん、ひどい吹き降りになってまいりましたよ」

「だからだよ、カイ。めったにない嵐になりそうだから、この嵐に身も心もうたれたいんだよ、カイ」

「駄目ですよ」

カイは自分では少しも気づかず、ヴァレリウスにそっくりな口調でいった。

「そのような気まぐれをおっしゃっては。おかぜを召されますよ」

「大丈夫だよ」

「お書きものが風にとばされてしまいます。ご本に雨のしぶきがかかるかもしれません」

「大丈夫だというのに。――ねえ、カイ、おお、見てごらん」

ナリスはほとんどはしゃいでいるかのようだった。いつになくその目は病的なまでに輝き、そのいつも青白い痩せたほほには、生き生きとした血の色がさしていた。あきらかに、この異常天候が、ナリスに非常な感興を与えていたのだ。

「空にいま光ったのは――あれは雷神に違いない。ダゴン兄弟の次兄ライダゴンの輝きだ……すごいね。この季節に、クリスタルに雷――湖畔のマルガでは雨季には珍しくもないことだが、クリスタルでこのような嵐は珍しいね」

「けさは何もそんなふうになるという予報は出ていなかったのですが……魔道師の塔も、きのうは雨のことさえ、いっておらなかったようすで……」

「窓をあけて、カイ」

ナリスは、いまにも車椅子から立ち上がらんばかりに腰をうかせようとした――むろん、何の甲斐もなかったが。カイはあわててあるじのかぼそい肩をおさえた。

「いけません、ナリスさま。では、いま、ちょっとだけ窓をおあけいたしますから、ちょっとですよ。――じっとなさってらして下さいまし。それに、あまり、窓にお椅子を近づけろとお命じにならないで下さい。ナリスさまをこんな嵐に濡らすわけにはゆきませんから」

「いいから、カイ」

ほとんど熱にうかされたようにナリスは叫んだ。叫んだといっても、そのかすれた声ででき るかぎりにしかすぎなかったが。

「窓をあけて。この嵐を私に感じさせておくれ。お願いだよ、カイ」

2

朝、しとしととしずかに降り始めた雨は、ひるすぎを一ザンばかりまわるうちに、しだいに嵐になりそうなきざしをみせはじめ、そして夕刻にならぬうちに、豪雨——珍しい、雷鳴をともなう豪雨となっていった。クリスタルではまことに珍しいかぎりの出来事であった——ことにこの季節には。

ナリスは、食事ともいえぬようなかるい食事をすませ、いつものように休息をとったのち、いくつかの急ぎの手紙をカイに口述して書きとらせ、伝令役の大公騎士団の騎士たちに託して出発させた。なかには騎士にではなく、ヴァレリウスがまわしてよこした魔道師に託された、スカールへの極秘の書状も含まれていた。そのあいまに、ナリスはしばしば目をあげて、あけはなった窓から激しい雨音をたてている外の景色と、そして暗い空に光る稲光とを奇妙なくらい魅せられた目つきで見つめていた。手紙を書くあいまにも、稲妻の走る閃光とそれにつづく轟音がはじまると、ナリスはうっとりと目をあげてその暗い空のようすに見とれ、手紙のことさえも忘れてしまうのだった。そのようすには、何かカイを慄然とさせるくらい、魅入られたものの恍惚とした表情が漂っていた。

「ナリスさまは、嵐がお好きだとは存じませんでした」

カイは、ナリスがなかなか窓をしめさせようとせぬので、困惑しながらいった。

「もう、お寒くはございませんか。――雨が吹込んで……」

「大丈夫だよ、カイ。吹き降りだからその窓際の床はびっしょりになってしまったけれど、御苦労だけれどそれはあとで誰かに拭き取って貰えばいいだろう。こんな、めったにないような天気にめぐりあえるなんていう幸運を逃してしまったら、私は愚か者だよ、カイ」

「ナリスさま！」

「自分でも、こんなに……嵐にひかれるというのが、よくわからないのだけれどもね」

ナリスは楽しそうにいった。

「ごらん、カイ――矢のように黒雲が空を流れてゆく――真っ暗な空を、すごい勢いで雲が流れ――そして雨は地上を叩きつけている。これではランズベール川が氾濫してしまうかもしれない。あとで、ランズベール塔へ、ようすをうかがいに使いを出しておくれ」

「かしこまりました」

「お前もここにすわって、私のかたわらから見てごらん――あの暗い空を。まるで……まるで天変地異のまっただなかのように色をかえてしまった……おお、また、雷だ。こんどは近いぞ」

「ナリスさま……」

カイはあまり雷が得意ではなかったので、眉をよせて、ナリスを見つめた。空よりもナリスのほうがよっぽど心配だといいたげであった。

「ナリスさま、おかぜを召しますよ……」

「寒くなどないよ、カイ。それどころか、身も心もとりのぼせてルノリアの花のように燃えさかっている。……あ……」

ふいに、ナリスが奇妙な表情で、口をつぐみ、身をのりだして窓のほうにもっと近づこうともがいたので、カイはあわてて車椅子をおさえた。

「いけません、ナリスさま、お濡れになります」

「ふしぎだ」

ナリスは低くいった。その目が、爛々と——誰もが、あの怜悧で優雅で頽廃的なクリスタル大公がそのような目をしようとは思わなかったような、激しい興味と情熱を示して燃え上がっているのを、カイは驚きながら見つめた。

「お前には、きこえなかったのかい。カイ」

「な、何でございますか……」

「きこえなかったのか。——いま、確かに……嵐のなかで、誰かが笑ったよ」

「え……？」

カイはいよいよ仰天して、とうとうこの怜悧な頭脳が、このあまりにも不幸な不如意な環境にたえかねて狂ってしまったのかと不安な目でナリスを見つめた。

だが、ナリスはそんなカイの目に気づきさえしないようだった。

「ああ、確かにそうだ。空耳じゃない……うん、空耳ではないね。私にははっきりと……落雷とそして空を走る閃光にまぎれてきこえてきたよ。誰かが大声をたてて笑っている――あれは誰？　あれは、私だろうか？　私――とじこめられ、ずっと幽閉されてなかば死に絶えかけようとしていた私の魂が、嵐となって吹き荒れて……そしてこの都の上で哄笑しているのだろうか？」

「ナリスさま――ナリスさま……」

「心配いらないよ、カイ。私が狂ってしまったわけじゃない」

ナリスはなおも異様な目で、くろぐろと墨を流したような、不吉な色にそまったクリスタルの空を見つめていた。

「だからそんな顔で私を見つめて、『ナリスさま、ナリスさま』なんて云わなくてもいい。……ああ、風がふく……大粒の雨が地上を叩きつける。水のにおいがする……誰かが暗い空のなかで笑っている。なんて自由なんだろう――私は、いまようやく自由にむかって船出する……」

「ナリスさま！　もう、お窓をしめますよ！　ごしょうですから、もう、お窓をしめてよいとおっしゃって下さいませ。この上、ナリスさまに……おかぜをひかせるようなことがあったら、わたくしが、宰相さまになんといって叱られるか……」

「待って」

ふいに、ナリスははっとしたように身をかたくした。

「ナリスさま！」

「どうしたの、カイ──何をそんな目で恐ろしそうに私を見つめているの。もう、窓をしめてもいいよ」

ナリスは何を思ったか、ふいに、かすかな微笑をうかべた。カイが、本当にこのひとは発狂してしまったのではないか──と、おそれおののくようにあるじを凝視した。

「……あの咬竜は……）

（あの竜は……銀色のウロコを光らせ、凶々しい赤くもえる目をもっているように見えた…

（あれは、嵐の……雷雲うずまく空をかけぬけ……東から、まっしぐらに空を裂いてかけってゆく──たけき咬竜のすがたを見たのは私だけか……）

（あれは……）

「いや、いいよ……そう……目の錯覚でも見間違いでもない。走る雲を……間違えたのでもない……」

「え……？　何をで、ございますか……？」

「お前は見なかったのだね。……カイ」

「え……？」

ナリスはつぶやくようにいった。そのようすは、これまでとは全然違っていた。

「あれは、な、な、なんだ」

「ど、どう……」

カイはとびつくようにして窓をしめた。そして、しっかりとかぎをかけ、カーテンまでもしめきってしまった。室内はたちまちに、雨の激しい音もきこえず——さすがに、落雷の轟音だけは、すべてをつらぬいてきこえてきたが——暗い嵐の空も見えぬ、いつもの平静なカリナエの夜のしずけさをとりもどす——もっとも、夜というのには、まだあまりにも早い時刻であったのだが。

「ナリスさま……」

「どうしたの、カイ。——カラム水をくれないか。そして、すっかり遅れてしまった。この、カレニア伯への手紙を書いてしまおう。これもできれば魔道師に持たせたいのだけれどな。時間の早さが全然違ってくるから……カイ？」

「……なんともいえぬ……笑いかたをなさいました」

カイはつぶやくようにいった。

「これまで、拝見したこともないような。……なんだか、その……そのお微笑みを見ていたら、わたくしは……わたくしは無性に……ナリスさま！」

「どうしたというの、お前は本当にきょうはおかしいね。カイ」

「ナリスさま」

ふいに、カイは、くずれおちるように、ナリスの足もとに両手をついた。

「お願いです。……お願いでございます！」

「なに、カイ」

ナリスはふと遠い目をした。

「恐しくなったの――？　私が……それとも、この陰謀に加わることが？　だったら……抜けてもいいよ。さっきもいっただろう。まだ遅くはない……」

「そんな――そんなことではございません。どうか……お願いです、ナリスさま……お願いです！」

「何なの。いったいどうしたというの？」

「もう……」

カイは、何か、もっと切迫したことばを口にしようとした――だが、何回もことばを出そうとして、結局かなわず、違うことをいった。

「もう、きょうは……嵐の空は……ごらんにならないで下さいまし！　嵐にお心を……奪われて……魂まで、連れてゆかれておしまいになりそうな気がして……不安になります」

「私が？」

ナリスはかすかに笑った。カイはまた、恐怖しながらその微笑を見つめた。それもまた、さきほどカイを恐怖させた、まるですでに遠くへいってしまった人のような心ここにない微笑だったのだ。

「大丈夫だよ。私はもう……私はもうどこにもゆかない。やっとおのれ自身を見出したばかりなのだからね」

「ナリスさま……」

「連れてゆかれるのじゃない……戻ってきたのだ。やっと私は——やっと私は、戻ってきたのだ。自分自身のなかへね！——心配することはない。私はもう、決してどこへもさまよい出てしまいはしないよ」

＊

嵐は——

むろん、クリスタル・パレスの一画にひろがるカリナエばかりではなく、パレス全部をうちつけ、激しく、荒々しく吹き荒んでいた。

それは、まさに、まことに珍しいことであったから、最初のうちこそ、貴婦人や姫君たちはものめずらしがってきゃあきゃあいい、それに意を迎えておのれの恋路のために有利にことを運ぼうとする若い騎士たちや聖騎士たち、貴族たちは喜んで、雷のはためくたびに姫君たちのあげる悲鳴を笑ったり、ここぞと胸を貸したりしていたが、しだいに、まるでその嵐の激しさにことばを失ってしまったかのように、みな、寡黙がちになってゆきつつあった。

まだ日もくれておらぬのに、パレスには、こうこうと全部の燭台にあかりがともされた。そして、ナリスのように酔狂な、嵐で床がぬれるのもいとわずに雷のはためくのにみとれたいようなものはそうそういるわけではなかったので、窓はすべてしめきられ、まるで夜更けのような塩梅を呈していて——それが、かえって日頃とまったく違う物珍しさと、そして不安なたかぶりをかきたてていた。

「ランズベール川が氾濫しそうです」

パレスの宰相執務室で、おとなしく任務についていたヴァレリウスのもとにもたらされたのは、あわただしいそのしらせだった。

「イラス川もかなり水位があがっていると、看視役からしらせがございました。水位の状況はこちらに」

「市庁舎と連絡をとる手筈を」

ヴァレリウスはけわしく、次々と、とどけられる水位の状況の報告書をあらためてゆきながら叫んだ。

「河川課の担当者に、どのくらいの土のうが必要かきいてやれ。そしてただちに搬出にかかるんだ」

「ヤヌス大橋はかなり高くなっているので心配はございませんが……アルカンドロス橋がかなり危険のようです」

伝令は心配そうだった。

「パレスは、中州でも高台になっておりますから……周辺に高い壁もめぐらしておりますし……ランズベール大橋もまだ心配はございませんが……もしあまり、上流で水位が高くなるようなら……」

「それよりもこの報告だと、イラス川のほうが心配だな」

ヴァレリウスは地図と報告を見比べながら眉をよせた。

「とにかくこれだけの豪雨がこの季節にふるというのは、クリスタルではそれこそ史上に何回もないような出来事だ。……ありったけの護民兵をくりだし、すべての橋について警戒をおこたらぬよういえ。……なんだッ」

「大変です。宰相閣下」

かけこんできた伝令は蒼白になっていた。

「アーリア橋が決壊しました。生憎と、アムブラから南クリスタルの高台へ避難しようとするものがかなり大勢移動している最中でしたので……かなりの被害が――」

「わかった」

ヴァレリウスは飛上がった。

「すぐ、ゆく」

「かなり、雨風が強うございます、閣下」

宰相づきの秘書が心配して叫んだ。

「橋は決壊せずとも、橋の上から川におちたというものの報告もいくつか参っております。宰相閣下が直接おいでにならずとも……」

「この目で被害のようすを確かめないと」

ヴァレリウスは叫んだ。

「それに、アルカンドロス橋も危ないということは……アルカンドロス橋が決壊したら、アムブラは孤立してしまうことになる。アムブラはそうでなくても、海抜が低い土地だ。全域が水没するようなことにまではなるまいが、できれば被害を未然に阻止せぬことには……ついてこい、カイラス」

「はいッ、閣下」

ヴァレリウスは右腕の部下をひきつれ、そのまま飛出していった。いっそう激しい雨足がクリスタルを狂暴にたたきつける。すでに、優雅なあの朝の銀色の雨はけぶりもなく、いまやダゴン、ライダゴン、エルダゴンの三人の兄弟が、そのおそるべき猛威をフルに発揮しているクリスタルは、ほとんどおもてを通ってゆくひともいない、水底のようになってゆきつつある。

空はいくたびも音たてて落雷にひきさかれ、そのたびにまるで底がぬけるかのような土砂降りがやってきた。

「大変です。落雷が、白亜の塔へ！」

「なんだって。被害は」

「いまのところそれほどでも——ただ、町なかでは、落雷の直撃をうけて死者が出ているという報告が……」

「なんということだ——」

底のぬけたような嵐のなかで、クリスタルの都はいまや、まるでこの世の終りのような激烈な暗黒にとらえられはじめていた。

「まあ、なんという嵐でしょう!」

貴婦人たちは、三々五々、聖王宮のあちこちで不安げにささやきあっている。

騎士たちはみな、もう貴婦人たちのあいてをするどころではなく、おのれの家を心配になってかけだして帰ってゆくもの、騎士宮によばれてひきあげてゆくもの、そして身分の高いものたちはみな、それぞれの持ち場からなんらかの被害の報告がやってきて、あわただしくあちこちへ散っていっていた。残されたのは、この嵐にあって、それぞれの邸に戻るに戻れなくなった貴婦人たちだけだった——聖王宮では、毎朝の謁見のほかに、きょうはたまたま、国王夫妻の定例の午餐会と、それにつづく王妃主宰の貴婦人たちのためのお茶会がおこなわれる日だったので、それに出席するために、大勢の貴婦人、貴族たちが聖王宮に登城していたのだ。カラヴィア子爵アドリアンが出席しなくてはならぬといったのも、その午餐会だった。

朝のうち、登城するときには、水晶の天蓋のおかげもあって、まったく雨のことなど、誰も考えもしなかったのだ。それがこんな嵐になってゆこうとは誰も想像もつかなかったことだった。貴族たちは、気象予報をも担当している魔道師の塔の無能を罵りながら、午餐会には列席したが、そこにとどけられるしらせがしだいに物騒なものになってきたので、とうとう、そうしてそれぞれの持ち場へむかって一目散に出ていったのだが、貴婦人たちのほうはそれで、送り届けてくれるナイトもいなくなって、帰るわけにもゆかず、途方にくれていた。もう、お茶会どころではない気持だったのだ。

「わたくし、怖い」

「わたくしだって……ああ、きゃあ、また稲光が！」

「ああ、なんていう嵐なんでしょう……これは何かの罰なんでしょうか？」

「いや、縁起でもないことをおっしゃらないで」

　ぴったりとカーテンはとざしてあるとはいうものの、カーテンのかからぬ天窓もあれば、なかにはカーテンをしめることのできぬサンルームもある。そこからは、不吉に空を走る稲光もみえれば、カーテンをしめてもすさまじいはたた神のとどろきだけは凶々しくきこえてくる。白亜の塔に落雷したときには、そのすさまじい轟音のあまりのすさまじさに、卒倒する貴婦人が続出した。

「リンダ」

　アドリアンは、午餐会に出て国王に挨拶してから、国元にむけて出発する予定でいたのだが、このようすをみては出発することもできず、それにリンダが心配だったので、そのまま予定をかえて居残っていた。リンダは、あまりレムスと顔をあわせたい心境でもなかったので、アドリアンを聖王宮に送りとどけるとそのまま、カリナエに戻るつもりでいたのだが、そこで足どめをくってしまったのだった。もっとも、聖王宮からカリナエまでは、本当は水晶の天蓋がずっとかけられているはずだったから、足どめをくっているのは嵐のせいではなかった。

「リンダ、大丈夫ですか？　雷が恐しくはありませんか？」

「まあ、大丈夫よ、アドリアンさま」

リンダは苦笑した。

「わたくし、そんな、優雅な貴婦人ではないのよ。……あちらのほうではもう、なんだかずいぶん悲鳴がきこえていたけれど。──そんなもの、あのノスフェラスでどれだけあったか。しかも屋根もなしでよ。……それよりも、わたくし」

「ええ」

「どうして、わたくしの馬車が、出発してはいけないのか、それがわからないのだけれど」

リンダは目にみえて苛々していた。

アドリアン子爵は、リンダの熱烈な崇拝者であったし、可愛らしい純情な少年から、なかなか利発な純真な若者に成長しつつあったし、リンダも好意は持っていた。だが、いまや彼女の本当の関心はすべて、不幸な夫の上にあつまっていたし、ましてやこんな時期であったから、彼女は、夫のかたわらをちょっとでもはなれることが心配で、気がかりでならなかったのである。また確かに、ナリスは、ことのほか、かたわらのものたちを気がかりにさせるようなタイプの病人であるのも確かであった。

「紙人形でもあるまいし、わたくし濡れるくらい平気だわ。──それに濡れるといったところで、ほんのちょっとの間なのよ。クリスタル庭園の角までゆけば、もう天蓋がつけてあるのですもの」

「でもこのひどい雨じゃあ、天蓋が落ちてしまうかもしれませんよ。万一にもそんな危険を

「そんなこと、めったにおきるものじゃなくてよ。……私、きょうは陛下にご挨拶する予定もないし……」

リンダは、途中でことばをとめた。

入ってきたのは、レムスの近習であった。

「クリスタル大公妃殿下」

近習はうやうやしく膝を折って、王族への礼をした。だがその口からもれたのは、みるみるリンダの柳眉をさかだてさせるようなことばだった。

「妃殿下がおこしとうけたまわりまして、アル・ジェニウスが、お居間までおこし願いたいとおおせになっておられます」

「何ですって。わたくしが聖王宮にきていると、誰がいったの」

「おともさせていただきます」

断固として、近習はいった。リンダはくちびるをかみ、アドリアンをふりかえった。

「いったいどういう気まぐれをまたおこされたのかしら、陛下は。――しょうがないわねえ、じゃあちょっとご挨拶にいってくるわ」

「ここで、おまちしておりますから。どうせ、まだ当分は出発できそうもございませんし」

アドリアンは心配そうにいった。本当は、ついてゆきたいところであったが、これほど明白な命令では、さからうこともできなかったし、そもそも、カラヴィア公息としては非常に将来高い地位につくことは約束されているが、現在のアドリアンは一介の子爵にすぎなくて、それほど身分の高い大貴族というわけではない。国王の私室へ大公妃殿下と同行するような非礼が許される立場でもなかった。

アドリアンの気がかりそうな、ついてゆきたさそうな目に見送られて、リンダは、さやさやときぬずれの音をたてながら、聖王宮の廊下を歩いていった。そこも暗く、そして外が近いせいでごうごうと風の音がしているのが、なんともいえず気味わるかった。それは同じ道であったので、かつて、ナリスの釈放を嘆願しに、レムスとその腹心のカル・ファンが待っている王の居間にむかって歩いていったときの、あの屈辱と怒りと気づかいと、そして無念とにみちたなりゆきをどうしてもリンダに思いださせずにはおかなかった。そのことはいつでも、思いだしさえすればリンダをかっと怒りと屈辱と、そして激烈なくちおしさとで身も世もなくさせるに充分だったのである。だが、リンダは、一見はいかにも《宮廷一しとやかな貴婦人》然と、きれいにゆいあげた髪の毛と、そして美しいが以前にくらべてずっとかざりけのない、その分かえって彼女を洗練されてみせるシックなドレスに包まれて歩いていった。

「クリスタル大公妃殿下を御案内申上げました。アル・ジェニウス」

リンダは控の間でいったん待たされた。近習が小姓にふれをたのみ、小姓が室に入っていって王の御意を得てくる。その大仰なやりかたも――かつてにくらべればよほど簡単になったとはいえ――相変わらずリンダの反感をかきたてた。ここにくるのも、まさしく、《あのとき》以来であった。

いまのリンダはしかし、もはやあのときの彼女ではない。それよりもいっそう、レムスへの昏い叛心を抱き、いまやその、弟をほろぼすいくさの総大将とさえなろうと覚悟している身の上である。気持をひきしめ、心のうちを何も読み取られまいとおだやかな微笑をうかべるようこころがけながら、リンダは、招じ入れられるままに国王の居間に入っていった。

「これは、姉上」

低い、暗い声が云った。レムス一世の声であった。

3

「国王陛下には御機嫌うるわしゅう」

リンダは国王への正式の礼をした。居間には、レムスひとりしかいなかった。それは珍しいことであった――最近では、いつも影のように国王によりそっている、アルミナ王妃のおしどりぶりは、パレスでも有名であったからである。

リンダは正直いって、自分の双生児の弟であるこのパロ聖王よりも、かえって義妹のほうが――とても好きだというわけではなかったが、まだしも苦手ではなかった。いまとなっては、レムスに対しては、自分の最愛の夫の体をあのように破壊させた男、という憎悪しか覚えてはいなかったし、あの公然たる屈辱をうけて以来――といっても見ていたのはカル・ファンだけであったが――リンダはレムスとふたたび心をかよわせようという気持をほとんど捨て去ってしまっていた。かつては《パロのふたつぶの真珠》とさえ呼ばれたあれほど仲のよかった姉弟の、それがいまのありさまであると思うのは悲しいことだったが、リンダには、弟との失われたきずなを思って嘆く気持よりもはるかに、最愛の夫の苦しみをもたらした男への怒りのほうが強かったのだ。

「お久しゅうございます、姉上」

レムスは、紫のゆったりとしたトーガに、衿に毛皮のついた袖なしの長い紫の上着をはおり、机にむかっていたが、リンダの礼をきくと立ち上がって丁重に、目上の肉親にたいする礼をした。

(また……ちょっと、なんとなくだけれど、様子がかわったわ、この男)

リンダは、辛辣な——肉親というよりは完全に敵の目で、じっと弟のようすを見つめた。

(前より……ちょっと健康そうになったけれど、相変わらず、狷介そうで……それに、なんでこう、うちとけない感じなのかしら。……いったいいつからこの子はこんなになってしまったんだろう。もう、決してもとのような、双生児の親しみなどというものは、戻ることはないのかしら……)

それは、たとえどれほど憎んでいるとはいっても、切っても切り離せぬ双生のきずなで結びつけられている同胞である。そうして、憎しみあい、うらみあう間柄になってしまったことに対する、一抹の淋しさは本当はつねに、リンダのなかには存在している。敵として弟を見なくてはならぬことそのものが、本当は気だてのいいリンダには、深く心にくいこんで辛いことなのだ。その思いはまた、そうやって、本当はいとしむべき弟を、憎い敵として見させなくてはならなくさせる、当の弟へのうらみにつながってゆく。

(お前さえ気持をかえて……本当に申し訳ないことをしたと、あのひとにあやまってくれて……そうして、私たちに対する態度をかえ、心を開いてくれさえすれば、いまだってどんなに私は……お前を弟として愛しているかしれないのに……）

だが——

いっぽうでは、リンダはまた、予知者姫リンダの名をとって生まれた、パロ聖王家の長い歴史にもめったにないといわれるほどにすぐれた霊能者、予知者でもある。

（この部屋……なんだか、私、嫌い）

それは、リンダがそれほどまでにすぐれた能力を持っていなくてさえ、ちょっとするどい霊感をもった人間になら必ず感じられることであったかもしれぬ。

先日は、ひたすら夫を救出しようと必死であったから、そのようなことをかまっている余裕もなかったが、いまは、リンダのほうには、べつだん、早く夫のそばに帰りたい——体の不自由な夫を一人にしておくのが気がかりで気がもめてならぬ、という以外には、何も心をかき乱す要因はない。

その彼女が、相変わらず天井のたかくて暗い室内に入るなり感じたのは、一種異様な圧迫感——とでもいったらいいのか、これほど天井が高いにもかかわらず、上からずしんと重たいなにかがのしかかってくるような、窒息感のようなものであった。

（なに……）

リンダは内心、ひそかに眉をひそめた。そして、そっとうしろにまわした手でヤーンの印を切った。

（どうして、この部屋は、こんなに暗いんだろう……）

あちこちに、燭台はさかんにともされているのだから、宮殿のほかの場所よりあかりが少ないわけではない。

ここは聖王宮のもっとも奥まった場所であるし、この上にも何層にもわたって建物がそびえているから、さしもの嵐も雷もここまではまったくひびいてこない。ここにいれば、嵐などまったくなかったことのように、しんとしているし、貴婦人たちの怯えた声も届いてはこない。

だが、まるで深い地下におりていったかのような、圧倒的な重圧は、リンダの鋭敏な感覚には、ひしひしと感じられてならないのだった。

(まるで……そう、まるで……)

地下の、カタコウム——墓場へでも降りていったような。

縁起でもない連想がわいて、リンダはぎょっとする。そのときだった。

「姉上、相変わらず、お美しく、お元気そうで何よりです」

レムスが陰気くさく云った。

「義兄上はお元気ですか。いっときは、かなり危険な状態だとうかがいましたが、こうして、姉上が、おそばをはなれて宮殿へおいでになれるくらいになったのだから、もうかなり、よろしいのでしょうね」

「そう……」

もう、移動ができるほどにからだがよくなってきたのなら、療養のためにマルガへ戻れ、といわれるのかと、リンダは警戒した。ナリスとも何回も話し合い、もしももう一度、マルガへ戻るようにという国王の命令が出たならば、そのときこそ、ついに決起のとき、と心は決まっている。

（いよいよ――だろうか……）

ずっと、アドリアンと一緒であったから、リンダは、ナリスとヴァレリウスが、ついに蜂起の日どりを決したことをまだきかされていなかった。国王のことばを待って、リンダは緊張したおももちになった。

「そうですわね……ええ、まあ……なんとかおかげさまで……いのちはとりとめて……毒もかなり抜けてきたようですけれど、まだ、朝晩などはかなり苦しいようで……」

いっそ、もう、早く決着をつけてしまいたい、というような気持も、これだけ長いあいだ、堪え忍んできた彼女のなかには確実にある。それが、夫と弟との、骨肉の血で血を洗う無残なたたかいの開始であると知っていてさえもだ。だが一方では、それを少しでも先にのばしたい当然のたゆたいもある。リンダのことばは、彼女としてはあまり歯切れのよくないものになった。

「そうですか」

レムスは、机のまえにかけたまま、何かの書類をひろげたままにしている。

「いったいまた、どういう背後関係で、クリスタル大公を暗殺などというもくろみがおこなわれたものでしょうね。――それにしても、ヴァレリウスの素速い行動で、解毒剤が間に合って、本当によかった」

「……」

これはなにか、皮肉なのだろうか――それとも、かまをかけられているのだろうかと、リンダはまたしても警戒してじっとうわめづかいになった。

「これは僕がいえた義理ではないが、義兄上は本当にこの数年来ずっとご難続きで……本当にお気の毒なことだと思います。ただでさえ、あのようなおからだになられたのに、またしてもそこに痛撃をお受けになったわけで、またかなりいたでをうけられたのではないですか」

レムスは、いかにも義兄の身を案ずる義弟らしくいったが、これは、リンダを冷たく重苦しい怒りを燃え上がらせ、せっかくゆらめいていた、弟への骨肉の愛情をも一気に冷却させて憎悪で一杯にしてしまう効果があった。

（いったい、誰のおかげでそうなったか、お前には、わかっているの！）という、激烈な思いがつきあげたからである。

「でもおかげさまで、どれほどたびかさなる陰謀からも、ヤヌスの大神はあのひとをお守りになって下さるようですわ」

リンダのことばはかなりとげをはらんだものになった。

「ヤヌスはあのひとがまだ中原に必要だと――私にもどうしても必要だとよくご存じなのだと思います」

「それはもう、あのかたの叡智と美と、そしてたぐいない学識とはどうしてもパロにも、世界にも必要なものだから」

レムスはそつのない答えをした。だが、それはまたしてもリンダをかっとさせた——本来率直で、心を開いてひとの心とふれあうことを愛する彼女にとって、骨肉の双子の弟とそんなふうに他人行儀に社交辞令をかわしあうなどということからして、我慢のならぬことだったからである。

「でもまだあまり状態がよくありませんので、アル・ジェニウス」

リンダは耐えがたくなっていった。

「わたくしも夫をおいて参るとひどく気がもめますの。きょうは、アドリアンさまをお見送りするために、ご挨拶にうかがっただけで、陛下には日をあらためてご挨拶と存じておりました。とりあえずお目にかかれたのを最大の喜びに、きょうはもう、夫の看病のために戻らせていただいてよろしゅうございましょうか」

なんで、忙しい自分をひきとめたのだ——と、内心のうっぷんがついつい、おさえきれぬ語気になってちょっとあらわれた。

レムスは目を半目にしたまま、特にその姉の皮肉っぽい口調に気づいたようすさえなかった。この子、なんだかだんだん人間ばなれしてきたんじゃないの、と皮肉な姉のほうは考える。

「そのことなのですがね、姉上」

レムスはツヤのない声でいった。

「実は、姉上をご無理を申上げて僕のからだがあくまでおまちいただいていたのは、どうしても、お話したいことがあったからなのです」

「まあ」

リンダは無理に興味ありそうな声を出した。

「何でしょうか。陛下」

「たいへん、よろこばしいことです。……というか、僕にとっては、この世でもっとも喜ばしい知らせだったのですがね」

「……」

「アルミナが、みごもったのですよ」

その声は、しかし、リンダに奇妙な戦慄をもたらした。

そのいっていることばの内容と、そして、それをいっている、「この世でもっとも喜ばしい知らせ」ということばとが、あまりにも、その淡々とした、まるで誰かにいえと命じられたとおりの台詞を喋ってでもいるかのような喋り方とそぐわなかったからである。リンダは、もういまは弟への私怨さえも忘れて、しだいに奇妙な恐怖心のとりこになってゆくのを覚えながら、じっとレムスを見つめていた。

「まあッ……それは、それは……」

「むろん、姉上も喜んで下さるでしょう」

レムスの目は奇妙な、ガラス玉のような無表情なきらめきをたたえている。

「姉上のほうが早く結婚なさったのに、残念ながらなかなかお子を得られないので、とうとう僕のほうが先んじてしまうことになりました。……が、これはパロにとっては長年待ちこがれた知らせでもあり、いずれ確定したあかつきには、国をあげての祝典になろうかとも考えています」

「それは、どうも……おめでとうございます……王妃さまもさぞかしどんなにか、お喜びで……」

「そのことなのですけれどもね」

のろのろとレムスが云った。リンダはふいに、激しい戦慄を感じて、立ち上がってこの場から逃げ出したい気持を懸命にこらえた。

「アルミナが——ひどく、心細がって……あれもまだなにしろひどく若いものですからね……それに、義母上は、アグラーヤにあって、いろいろお忙しくて……いずれむろん、生み月が近づいてくれば、こちらへおいでいただくこともありえましょうが、まだ、ずっとこちらにご滞在いただいてアルミナの面倒をみていただくわけにもゆかない。——それでですね。……姉上が、義兄上のご看病に手をとられていることはよく知っているのですが……」

「………」

「アルミナがぜひにと望みますのでね……よろしければ、ぜひとも、姉上に、ここしばらくでかまいませんので、王妃宮にご滞在いただいて……アルミナの面倒をみてやっていただきたいのですよ……いまがちょうど、いちばん大切なときだと、医師たちも申しますのでね……」

「……」

リンダは、じりじりと、かたちのないどす黒い怪物が足もとへと室の隅からせまってきて、ゆっくりとおのれのからだに近づきつつあるような恐怖を味わった。

リンダはじっと、レムスの色のあわいガラス玉の目を見つめていた。おそろしい確信が、彼女のなかにいくつかまざまざと浮かんできた——ひとつは、(レムスは……もう、この子は……人間じゃない！)(いや、人間なのかもしれないけれど……その脳はもう……もとのあの子じゃないわ！)というもので——

そしてもうひとつは、もっと恐しい——

(こ、この人は、知っている、い、い、知っている！)

というものであった。

(この男は、知っている……すべてを知っていて……そうして、嘲笑っている……)

(私たちの苦しみも悲しみも……苦しみのはての、ついに選び取った決意も……)

(すべてをあらかじめ知っていて、そうして泳がせようとしている……いえ、もっと悪いかもしれない——それを予期して……何かたくらんでいる……また……もっと悪い——ひどいことをあの——愛するあのひとの上に招きよせるようなことを……)

(この男は……誰なの。この人はもう私の知っているレムスじゃない……でも、おかしい…

…これまでに私が感じていたあの……カル＝モルという魔道師……あの怨霊にとりつかれた、という……怨霊にとりつかれただけでレムスはやっぱりレムスなのだという……あの感じさえもない……）

（いまここにいるこの……パロ国王はただの……ただの傀儡だわ。何かにあやつられている……ひとの心をもたぬ存在……）

（そんな——そんな！　これまでは……これまでそんなふうに感じたことはなかった——！）

カリナエに戻ってきてから、挨拶に何回か、これは謁見の間で大勢のものと一緒にではあるが、レムスとは会っている。

そのときには、べつだん、こんなふうに感じたことはなかったのだ。

それがあるいは、レムス——あるいは彼をのっとってそのように変貌させてしまったものがそうみせかけていただけなのかもしれぬ、と思って、リンダは戦慄した。

（もしかして……ああ、もしかして……ナリスはただひとりこのことを……はっきりと知っていたのだろうか。……もしかして、パロは……私の愛するパロは、私が思っていたよりもずっと恐しい、本当に恐しい陰謀にまきこまれていたのだろうか……いつのまにか、国王が……神聖なるパロ聖王が——まったく異なる人間にすりかえられ——ただの傀儡と化してしまっているというような……ありうべからざる、許すべからざる——パロの栄光の史上にもかつてなかったようなおぞましい陰謀に……）

(だったら――だったら、ナリスと私だけが……それを阻止することのできる……)

レムスの目は、何の表情もみせていない。

リンダのなかにわきおこった逡巡やおそろしい疑惑、そしてさらにおそろしい思いをなど、まったく気にもとめておらぬかのように、彼は、奇妙なのろのろした、いくぶん非人間的な口調でくりかえした。

「これはアルミナの非常な願いでもあるのですよ……これからしばらく、心が落ち着いて……長い妊娠期間をのりきるまで、ぜひとも、姉上に……おそばについていていただきたい、という……それがアルミナの最大の願いなのですよ……姉上が、義兄上のご看病で手一杯なことは知っていますが、あれもあなたのただひとりの義妹です。ぜひとも、面倒をみてやっていただけないかと……」

(アルミナは――)

また、恐しい疑惑がリンダのなかに頭をもたげた。

(アルミナはどう思っているのだろう……アルミナは、何を感じているのだろう)

アルミナとは、何回か、王妃主宰のお茶会だの、慈善演奏会だので、会う機会を持っている。

そのときには、ちょっと考えなしだが、可愛い、そしてだんだん一国の王妃としての自覚も出てきた明るくて聡明な育ちのいい少女、という、最初の印象を裏切るものは、まったくなかったものだ。

どうしても、マルガからのクリスタルへの大公の帰還を許そうとせぬ国王にせっぱ詰まって、リンダが夫のせつなる願いによって何回かわざわざクリスタルに足を運び、国王にはもう頼んでも無駄なこととアルミナ王妃に屈辱をしのんで哀願し、助力をこうたときにも、いたって気持よく、その頼みをいれて、ときにはリンダの目のまえでレムスに頼み込んでくれもした。そのいらえは、「まあ、ともかくいまはまだ、おからだが本当ではないのだから……」とか、「わかった、では、義兄上のからだがすっかりよろしくなったと報告がきたら、考えておくことにしよう」などという、いかにもその場逃れなものでしかなかったのだが——

だが、少なくとも、アルミナには、レムスに感じるような怒りだの、憎悪だの、非人間的だという恐怖感などはましてや感じたことはない。むろん、自分たちの不幸に比して、おのれたちの幸福を何の考えもなくみせびらかすような若夫婦をみていて、(かりそめにも一国の支配者夫妻でありながら、そんなひとの気持もわからぬことで……)という怒りを感じたことはある。だがそれも、アルミナのようすをみていれば、悪気からではないことはよくわかる。アルミナを憎むことはできなかった。

(でも……)

このレムスと一緒にくらして、何も感じずにいられるものだろうか、とリンダはいま、総毛だつような恐怖感——世界がやにわにぽっかりと黒い底知れぬ口をあけたかのような恐怖の思いとともに感じていた。

(もしも……レムスが、あの王妃にたいしてだけは……すべてをかくしおおせてごく普通の快活な青年として、よき夫としてふるまっていたのだったら……レムスの欺瞞はとてつもなくたくみなのだし……人間には不可能なほどにだわ……それよりも悪いのは、もしアルミナが……)

もしも、アルミナもまた、ここにいるこの見知らぬ怪物のような怪物の仲間となりおおせていたのだったら――

そう感じた瞬間、リンダのなかに、こらえることのできぬ恐しい身震いが――嫌悪と恐怖と、そしておぞましさのきわみのふるえが走り抜けた。

ガラスのひとみがじっとリンダを見つめ、その様子を観察している。リンダは悲鳴をかみころすのがやっとだった。

いますぐにここから逃げ出して――どこまでも逃げ出して、安全な夫のもとに飛込んでゆきたい思いがつきあげる――それから、いきなり、リンダはまたしても氷の手で心臓をつかまれるような思いのなかで悟っていた。

(安全な夫のもと――かつては、そう、誰よりも……安全で、力強い……聡明で何でも出来て……パロ一の武将でもあるひとだった。……すべてをあらかじめ見通すだけの知性もあれば……人望も……そう、そして、最初からあのひとは……レムスを疑っていた。……ああ、そうだわ……だからなんだわ。だからこそ、こいつは――この怪物は、たくらんで、あのひとを、私の勇敢な優しい夫をとらえ、有無を云わさず酷い拷問にかけて……あんなからだに、自分では自分の身をまもることさえできない、赤子のように無力なからだにしてしまったんだわ。——なんてことだろう。なんという、奥深いたくらみだろう——最初から、すべては……たくらまれていたんだ。ああ……ナリスはなんて正しかったのかしら——あのひとには、何もかも……わかっていたんだわ……そうしてあんな——あんなからだになりながらなお、パロを守るために立とうとしている。ああ、それが——なんという誇らしさだろう。なんて私は愛しているだろう——それがあの人なんだわ。なんという勇敢さだろう——あのからだでなお、単身パロを守ろうとしている、パロのさいごの守り神……たったひとりのパロの希望！)

たえがたいほどの誇らしさと愛情と、そしてたまらぬほどの慕わしさがつきあげてきた。リンダはあわや、レムスの前であることさえ忘れてナリスへのいとおしさに涙ぐんでしまうところだった。

そう思ったその次の瞬間——

さらに不快な疑惑がつきあげた。

(まさか……まさか、この……反乱のことさえも、この怪物は……たくらんで……まさか……そのさいごの希望をさえ……葬り去ろうとして……)

(ああ、ナリス！　もしそうだったら……どうしたらいいんだろう……私には何もできない、何も……)

「あの——あの……本当に、おめでとう……ございます……」

何か、云わぬわけにはゆかなかった。

リンダは口ごもった。

「本当に……なんておめでたいことが続くのでしょう。……ますます……パロの繁栄は……ゆるぎなく……そうして、パロ聖王家も……」

そういいながら、まるで、他人がおのれの口をかりて勝手に喋っているような感じが、リンダにはしている。

(ああ……なんということだろう──早く……早く帰りたい。安全な夫のもとに逃げ込むのじゃない……こんどは私の番なのよ、今度は私があのひとを守って……パロの希望を守ってあげる番なのよ！　ああ、ナリス──あなたは、私なしでは……私なしでは、ベッドからおちた布団を直すことさえ出来ない可愛想なからだなのだから！)

(なんということだろう──どうして、私は、あのひとをおいてきてしまったのかしら──ここが敵の巣窟だと……まだ私はちゃんと肝に銘じていなかったんだわ……まさか、これほどだとは思わなかった……なんていうことだろう──くやんでもくやみきれない。もしここをうまく……なんとか切り抜けられたらナリス──私もう二度とあなたのそばを一秒《タル》たりともはなれないからね……ああ、ナリス……)

「でも、あのう……でも、あのう──その件につきましては、わたくし……あの、わたくし、おっしゃるとおり……夫はいま、まだ本当に回復期にようやく……入ったばかりでございますし……それに、とても……難しい人でもございますし……アルミナさまには、できるだけ……御機嫌うかがいにうかがって……お心をなぐさめるようにいたしますわ。どうせ同じ……クリスタル・パレスのなかにいるんですもの……それではいけませんでしょうか？　それに、とにかく……うけたまわったことはとても名誉と存じますので……いったん戻りまして、いそぎ夫と相談いたしまして……」

「その必要はありませんよ。リンダ」

奇妙な――

つやのない、感情の起伏のない声が云った。

4

「大丈夫ですよ。ナリス義兄上には……あなたがおそばについていなくても、ちゃんと——ヴァ、ヴァ、ヴァレリウスがついている」

あざけるような声だった。

リンダははっと身をかたくした。

「何を……おっしゃってますの？」

リンダは夢中で口走った。

「何を、いっておいでなのか……わかりませんわ……」

「あのひとには、いまでは……最愛の伴侶として、あなた以上にかたわらによりそっている——ヴァレリウス宰相がいる、といっているのですよ。姉上」

「何をおっしゃるの。陛下ともあろうおかたが」

リンダは惑乱しながら口ごもった。

「それは——それはどういう意味ですの。いったい……何をおっしゃろうとしているのです

「え……っ……？」

か」

「あの二人は、あなたを裏切っている、と申上げているんですよ。姉上」

レムス――それともレムスであったところのものは奇妙なかさかさとした笑い声をあげた。

「……」

「何も云わなかったのですか。あの二人は、あなたに。――あの二人は、手をくんで私をも、パロをも――そして僕の姉、第一王位継承権者たる姉上をも裏切ろうとしている。あの二人はあなたと私を抹殺して、パロの王家を乗っ取ろうとしている……まったく気がついてもおられなかったんですか。僕はちゃんと知っていましたよ。最初の最初から、すべてを」

「何を――」

リンダはおのれが、蒼白になってゆくのを知った。

「何を証拠に――何を証拠に、そんなこと……」

「証拠ですか。――証拠なら、あなたの最愛の夫にきいてみればいい」

レムスは低く嘲笑った。その目が、奇妙な赤い光をおびてゆくのを、リンダは恐怖しながら見つめた。

「あなたの夫は――あなたをずっと、処女のままに放置してきたじゃありませんか。あなたのような、美しい魅力的な――じっさいあなたは中原一魅力的ですよ……その美しい若い健康なあなたを、あんなからだになる以前だって――指一本ふれることもなく放置していたじゃありませんか。ほかに愛妾を――あのひとの父親のように、ほかに愛妾を作ってそれに子供を生ませていたからでもない。あのひとは、あなたをこの上もなく愛していると口ではいいながら、結婚以来あなたに何ひとつふれようとさえしなかった。何も知らぬあなたは性のまじわりの意味も知らず、何の疑問ももたずにきたが——あなたをそうさせておいたのだって、あのひとのたくらんだことですよ。——あのひとは、最初から、あなたの王位継承権と、自分の家系とを合体させるためだけにあなたを欲していたんだ。……そうですよ。あのひとは……反乱が成功したら、あなたと僕を殺して、その死骸をふまえてパロ聖王アルド・ナリスを名乗るつもりだったんだ」

「何を——何をいうの、レムス」

リンダはあえぎながら叫んだ。非常な息苦しさにおそわれてのどをつかむ——だが、ふいに、彼女の目は、あやしい銀色の炎に燃え上がった。

「あなたはだれ」

彼女の口から、痛切な、悲鳴のような叫びがもれた。

「あなたはだれ。カル＝モルじゃない。もう……カル＝モルじゃないわ……カル＝モルは消えた。あなたはだれ、だれなの」

「いやだなあ」

いたって朗らかに——というより、それをよそおった機械のような恐しい声が答えた！

「僕はあなたの双子の弟——レムス・アルドロスではありませんか。いったいほかの誰に見えるというんです。カル＝モル——そんなものは、知らない……あなたのいうことはちっともわからない。それより僕のいうことをきくべきですよ。あなたの夫と、そしてあの宰相ヴアレリウスのしていることについて……本当のおぞましい真相を……あの二人が本当は何をたくらんでいたかを……」

「やめて！」

リンダは絶叫した。おそろしい、いつもの神のおりてくる圧倒的な力にさいなまれながら、ここでもしも気を失ってしまったらもう二度と愛する夫に会えないのだという、恐しいまでに明瞭な予感にうちひしがれて、リンダは必死にあたりを目で探した。

「私をここから出して！　レムスじゃない、レムスでなんかあるものか！　あなたは――あなたは化け物だわ。あなたは……そうよ、レムスをどうしてしまったの！　あなたは、私の弟の……私の弟をどうしてしまったの！　いい子だったのに！　臆病で、考えすぎで、ちょっと困ったところもあったけれど、可愛い、たったひとりのあたしの弟だったのに！　ああ、神様――！　あの子に何をしたの。お前があの子を食ってしまったのね！　あの子の脳を、あの子の魂を食ってしまったのね！　よくも――お前こそ、すべての仇だわ。お前はカル＝モルの……カル＝モルの亡霊のあるじだわ！　お前があたしの最愛の夫をあんなむごいめにあわせ――そうしてあたしの大事な弟を……よくもレムスを殺したな！　レムスの仇！　ナリスの――ナリスの仇！」

悲鳴のような声をあげて――

リンダは、最初に目についた、テーブルの上のペーパーナイフをつかみとるなり、レムス

——あるいはそうであったものにむかって突きかかっていった。

　おそろしい哄笑が、レムスであったもの——あるいはそうと名乗っているものの口から洩れた！

「こざかしいまねを！」

　いんいんと響く声が室を満たした——リンダはあわや失神してしまいそうになった。

「やっぱり——ああ、神様、やっぱりそうなのね！　かえして、レムスを返してよ！　お前は誰なの、何者なの！　パロをねらっているのはお前だわ！　本当にパロをつけねらい、手にいれようとしているのはお前なんだわ——おのれ、パロをお前などに渡すものか！　私はパロの王女リンダ！　おのれ、弟の仇！　弟を返せーッ！」

「諦めろ、娘」

　恐しい声が答えた——リンダは悲鳴をあげた。それは、リンダの耳からではなく、脳のなかからきこえてきたのだ。

「気の強い娘だ。——それにたしかにお前は予知者なのだな。何の魔道師の訓練も受けてもおらぬ身で、われの正体を見破るとはな。……だが、われは……お前の弟を食い殺したわけではない。お前の弟は……進んで、われに——その魂の支配をゆだねたのだ。おのれの淋しさや苦しみや、劣等感や呪いや憎しみのためにな。——われが忍び込んで食い殺したのではないぞ。彼が望んで……闇の力を手にいれ、そして強大になりたい、この世でもっとも強い王になりたいと望んだのだ。……だから、われが彼に力をあたえるべく——彼のうしろだてにたったのだ。いまなお……彼は生きてはいる。だがもう――彼とわれを――いや、彼とダーク・パワーとを切り離すことはできぬさ。無理にそうすれば、彼の肉体もまた滅びるだけのこと――」

「ああああ！」

リンダは絶叫した。のどもさけよと叫び続けながら、彼女は泣き続けた。

「レムス！レムス！――可愛想なレムス――！　ばかなことを――なんて、ばかなことを！」

「さあ、あらがうまい、娘――お前にはわれにあらがうすべはない。……この国はまだわれがひと息につみとるほどに熟れてはおらぬ……まだまだ、いくつものプロセスが必要だ。貴い生贄の血が流れ――たくさんの犠牲の血の河がクリスタルを染めることがな――だが弟のために嘆くのはやめることだ。云っただろう――彼が望んだのだ。彼がおのれの暗い想念のために、われの力をみずから望んでおのれの体に受入れたのだ！――さもなくばいかにわれの力が強大だとて、これほどすんなりと一国の王になりかわることはできはせぬさ」

「ああ……ああ――ああ！」

リンダはうめいた。そしてまたナイフを手につきかかっていったが、相手はかわしたとさえみえぬままにふっとすでに違うところに立っていた。

稲妻がはためいた。決して嵐の音さえも伝わってはこぬもっとも奥まった場所のはずなのに、リンダの絶望を増すかのように、燭台という燭台は消え、室は暗くなり、そして恐しい青白い稲妻が室内を照しだした。

「アルミナのみごもっている子ども」

いんいんとひびく恐しい声が告げた。

「その子が——いずれ、パロに、おそるべき闇王国のいしずえをひらくこととなるであろう。北の豹めに阻止されぬかぎり、いずれ、パロは長く闇王国とよばれる神秘と謎の本当の魔道帝国とすがたをかえ、本当の繁栄とおぞましい永久の生命を手にいれることになるだろう。——そしてその繁栄はこの世界が滅びのすがたをあらわにする、末代の末代までも続くだろう。……そう、たそがれがこの世を支配する神秘のときまでも……」

「あ……ああ……あ……」

「その子こそは……竜人の王国をこのゆたかなる地にひらく神聖なる王だ！　はるかなるキタイとひびきあい、東と西とに二つの闇の王国をひらき——そしてついにはこの世界すべてをひとつの闇のもとに統合するがよい！　そのとき、はじめて——この世界は真の暗黒の栄光と——悪魔の力とを手にいれるだろう。どのような悪魔神ものぞむべくもなかった、まことの統一——この世を闇の王国にかえること——それがなしとげられようとするのだ！　喜べ、娘——その暗黒の王朝は末ながくパロの聖王家の血をつたえ——パロの名はこの地すべてになりひびくだろうぞ！　パロスの闇王国の名は、地上さいごの王国としてすべての歴史書にしるされるのだ、この地が滅び去ったそのはてまでもな！」

「あ……あ……あ……」

リンダはあとずさった。そして、そのまま背中が壁につきあたったとたん、どうにも立っていられなくなって、そのままがっくりと膝をついてしまった。

室内に、はたた神がはためく——そして、それがうつしだしたものは——

「ああーッ!」

リンダの手からペーパーナイフが力なくころがりおちた。彼女は、知らず知らず、いつも首から肌身はなさずかけている水晶の護符をまさぐりながら、恐怖の悲鳴をあげていた。

「これは——お前は——お、お前は!」

(竜——キタイの竜……)

青白い光が、あやめもわかたぬ暗黒と化した国王の居間を切り裂いた瞬間にだけ、うつし出されるものは——

すでに、人間ではなかった!

もはや、レムスであったものは人間のかたちをとどめてはいなかった。いや、首から下は人間であった。だが、その首から上は——

それは、ぶきみな、見知らぬ怪物であった。みどり色の目が、はたた神に照しだされるとカッと真紅に瞬間燃え上がる。その口からぶきみな牙がむきだされ、その頭には、緑がかった黄金のたてがみのようなものが渦巻いていた。そして、そのうしろに、ぼうっと、ぶきみな髑髏のような顔、同じ竜のような顔、そしてさらにぶきみな怪物じみたとけくずれた顔がいくつも浮かんでいた。まるで、この竜頭人身の怪物に供奉《ぐぶ》するかのように、暗闇にうかぶぶきみな怨霊たちのすがたを、リンダははっきりと見た。

「ああ——！」

それでもまだ、リンダは正気を保っていた——彼女が失神してしまわずにいられたのは、ただ、彼女がもともとパロ聖王家の予知者としての教育をうけ、この世界の、常ならざる部分、本当はつねにひとの世の裏側にひそんでいる、より神秘な部分、より暗黒な部分について、すでによく知っていたからというだけの理由にすぎなかった。

「ナリス——ナリス——！」

リンダはかすれた絶望の声をはりあげた。自分が何を口走っているかも意識してはいなかった。

「ナリス——ナリス、逃げて！　ああ、ナリス……ナリス、助けて！」

「お前は、殺さぬ」

いんいんとひびきわたる声が竜の口から洩れた。

「お前の夫も、殺しはせぬ。——われには、彼の知識が必要だ。……われが、彼と——そして南の鷹の知識を手にいれたとき……われわれは星に帰る手段を手にいれ——星々をわたり、この世界をすべてわれらのものとする力を手にいれる。……ノスフェラスを統べる者がこの世の王となる。……安心しろ、パロの予言者よ……お前は決して殺さぬ……」

「ああ——！」

リンダはルーンの印を切ろうとした。だが、もう、手足さえも、すべての力がぬけてしま

ったかのようだった。リンダは、さめることのない悪夢のなかに入ってしまったように感じていた。

（すべては……陰謀だったのだ……何もかも……いったいでもどこからが陰謀だったのだろう……いつが、本当の陰謀のはじまりだったのだろう。……なんというおそろしい陰謀……私の愛するパロをまきこんだ……侵略……本当の侵略……ああ、このことだったのだわ！　私は見た――おしよせてくる血の流れ、パロをおおいつくす鮮血の色！――これだったのだ。これだったのだ……東方から流れてくる鮮血の大河！――ああ、誰か――誰か助けて……誰か、パロを――中原を助けて！　グイン――グイン……）

自分が――

最愛の夫をではなく、違うものの名を呼んだことを、すでにリンダはまったく意識してさえもいなかった。

ただ、あまりにも圧倒的な恐怖と絶望のなかで、彼女はなんとか意識を失うまいとして健気にたたかっていた。あやしい閃光が室内を照しだすたびに、室内のすみずみにわだかまる不気味な怪物が増えてゆくように思われた。くろぐろととぐろをまいている巨大なくちなわ――そしておぞましい醜い女の顔をもつぞっとするようなハーピィ――そしてぶきみな這い回る巨大なうじ虫。それらは、恐しい魔界の口があいて、いまはじめてときはなたれた歓喜に声にならぬ叫びをあげながら、クリスタルめがけて――パロにつかみかかろうとおしよせてきた、魑魅魍魎たちの群だった。それが、目のまえの、このキタイの竜によって召喚されたものであることを、リンダは明瞭に感じた。

「お前は……お前はしてはならないことをしているのよ、ヤンダル・ゾッグ！」

ふいに、リンダの唇が動いた。予知が訪れたのだ——彼女はもはや、リンダの意識を維持してはいなかった。なにものかが彼女の唇を通じて語っていた。

「お前は愚かしき半人半魔の浅知恵により、してはならぬことをしてしまったのだ！　お前は魔界の入口をときはなとうとしている——お前は、魔界との回廊をつなごうとしている！　それをしてはならぬ！　それをすれば、この世にはまことの滅びよりもさらにおそるべき、魔界との融合がおこるだけのことだ！　お前は人ではないがゆえに、おのれのしようとしていることの意味がわかってはおらぬ！　お前のうちには神はない——それゆえに、お前には、理解することができぬのだ！　あけてはならぬ、その、お前の開こうとしている回廊を開いてはならぬ！　かつての——お前の知らぬ太古のほろびがくりかえされるだけのことだ！　お前はこの世界に属してはおらぬ。お前は——お前は、《調整者》たちの怒りにふれるであろう——お前は、この宇宙そのものの均衡をくつがえし——いたずらに混沌をよびさまし……そして——暗黒を、この世に——」

ふいに——

リンダのからだが、すべての力を失ったようにふわりとくずれおちた。

そして、もう、その白い花のようにはかない顔は、目をとじたきり、動かなかった。

おそろしい、室じゅうを青白い魔の光にはためかせていた稲妻が、ゆっくりとひきあげてゆく――のろのろと、室のなかに、もとどおりの景色が戻ってゆく。

室の隅にうずくまって、恐しい哄笑をあげていた怪物たちが、不承不承、闇の底に戻ってゆき、そして、それにつれて、その室の中央に仁王立ちになり、ぞっとするような笑い声をあげていたものは、ふたたび、急速にもとどおりの、ちょっと不機嫌そうな青ざめた痩せた若いパロ国王の外見をとりもどしつつあった。もう、その頭ももとどおりの人間のそれにすぎなかった。銀色の髪の毛はぴったりとなでつけられて、王家の環にとめられ、耳まで裂けていた口もみどり色に光っていたとびだした目もまったくあとかたもなく、ただのまぼろしとしか思われなくなっていた。レムス――それともレムスとして知られているものは、ゆっくりと、手をあげて、おのれの顔がもとどおりになっているのを確かめるかのように手でおのれの顔にふれた。そして、床の上に完全に失神して倒れているリンダを、満足そうに、残忍な冷笑を秘めた目で見下ろした。

「隊長。隊長」

彼は、ゆっくりと声をあげて呼んだ。

ただちに、奥の扉があき、近衛騎士団の当直部隊の隊長が数人の部下をつれて駆込んできた。王の身辺を警護するために、交替で王の周辺に仕えている騎士たちである。かれらは、床の上に倒れているリンダを見るなり、棒立ちになった。

「こ、これは……」

「クリスタル大公妃リンダが、国王たるこの僕に、凶器をもって突きかかって暗殺しようとこころみた」

レムスは床の上を指差した。そこには、短剣といってもおかしからぬほど大きなペーパーナイフがころがっていた。

「女性のことであったので、僕でも阻止することができたが、このような反逆は許しがたい。彼女を召し取れ。このままただちに、クリスタル大公妃を国王への最大の反逆の容疑で逮捕、投獄せよ」

「は、は……そ、それは……それは――」

隊長は思わずどもった。だが、レムスが、「国王の命令がきけぬのか！」と癇癪まじりの声をはりあげると、あわてですすみでて、リンダをかかえあげた。リンダは気を失ったきり動かない。その顔は流れる雲よりも白くはかなかった。

「失礼いたします」

隊長は、気を失っていてきこえもせぬリンダに、おろおろと口走った。

「そ、それで、陛下――大公妃殿下の処遇は……どのように……ランズベール塔へ、でございましょうか……」

「いや」

言下に《レムス》は答えた。

「反逆の罪はきわめて重く、許すまじきところなれども、この人は僕のただひとりの姉だ。他の罪人のようにランズベール塔に投獄することもできぬ。――白亜の塔へ幽閉せよ。近衛騎士団三個中隊をもって見張り、決してなんぴととも連絡することも許すな。彼女が意識をとりもどしたら、僕みずからが訊問しよう。このことはまだ誰にもいってはならぬ。よいな」

「か、か……かしこまりました……」

近衛隊長は、相変わらず茫然としながら、復唱した。そして、まだよくことのしだいを理解できぬまま——真相を理解することはおそらく永遠にありえなかったではあろうけれども——部下たちを叱咤し、リンダをかかえあげて出ていった。

ドアがぱたりと音たててしまる。《レムス》は、かすかに、ぞっとするような微笑をうかべた。

(たわいもない……予知者などといっても、現実の力は何ひとつ持っておらぬのだからな……)

その口から、かすかな冷笑的なつぶやきがもれる。そのときだった。

「陛下、陛下！」

そばづきの小姓頭がドアをたたいた。

「なんだ、ニオ」

「ヴァレリウス宰相閣下が、大至急の、緊急のご報告に参上なさっておいでででございます！」

「通せ」

「アル・ジェニウス」

入ってきたヴァレリウスは、一瞬、なんともいえぬ奇妙な表情であたりを見回した。が、それについては何も云おうとさえせず、ただちに至急の報告にかかった。

「陛下、たいへん残念なお知らせをせねばなりませぬ。この近来まれなる大嵐となった豪雨により、ランズベール川及びイラス川が洪水となり……下流のアムブラ周辺で大被害が出てしまいました。アーリア橋が決壊し、現在確認したかぎりでは、十八人の者が川におちて死亡、百人近い重軽傷者が出ております。行方不明になったものがいま数えられたかぎりでは十三人、まだ増えるものと思われます。……アルカンドロス橋もあぶのうございますが、これはただいま鋭意補強作業に護民兵が総出であたっております。……アムブラの半分ばかりが水没し、家屋が浸水しております。これもかなりの被害が出たものと思われます」

「……………」

「陛下、お指図を。……これほどに被害が拡大いたしますと、現在護民長官と協力し、またクリスタル市長の指揮のもと、市庁舎ともども総力をあげて市民たちの保護、救出にあたってはおりますが、もはや騎士団の出動をおかりすることなしには、どうにもなりませぬ。……近衛、聖騎士団は無理といたしましても、王室騎士団のお力を拝借することはよろしゅうありましょうか。陛下」

「それはむろん出動してもらったらいいだろう」

《レムス》は陰気にいった。ヴァレリウスはちょっと奇妙な表情でかれを見た。

「ではおことばに甘えまして、王室騎士団に出動していただき、本来の任務にはなきことではございますが、アムブラの民の救出のため、人手を拝借させていただきます。もう、すべての護民兵はそれぞれの橋の警護と、そしてアムブラの救出に総がかりになっておりますが、まだ雨はやまず、水位はいっそうあがりつつあります。——また、最前私がこちらに戻る直前に、アーリア区のサリア神殿に落雷し、こともあろうにサリア女神の本尊が破損した、という報告もございました」

「愛の女神サリアが」

レムスは云った。その口辺に、かすかな、嘲笑——としかいいようのないものがうかんだ。

「愛ははかなく、サリアのみ守りなどはダゴンの猛威の前には砕け散ってしまう、ということなのか。サリアとはつねにもっともはかなくむなしいものだということかな、ヴァレリウス宰相」

「私はすぐにとってかえして、さらにアムブラから、一人でも多く避難させる手筈にかからねばなりませんので」

かたい表情でヴァレリウスは国王のざれごとのようなことばを無視した。

「これにて、失礼させていただきます。では、またあらためまして、ご報告を」

第二話　夜　叉

1

最初は珍しい、しずかな雨もよいからはじまった大嵐は、一晩クリスタルを吹き荒れた揚句、まるでなにものかが呼び寄せ、そして用をおえて去ってゆけと命じたかのように、翌朝にはなにごともなかったかのようにやんだ。

恐しい、いねがての夜をすごしたクリスタル市民が迎えたのは、青紫にいつもにも増して美しく晴れ上がった、まさに嵐のあとというべき素晴しく美しい朝であった。木々にはまだ梢からぼたぼたと雨のしずくが垂れ続け、それにもまして、市中のいたるところに残された惨禍が、大嵐のつめあとのおそろしさを物語っていたが、それも、上流貴族たちのすまう北クリスタル区あたりではほとんど何の痕跡も残してはおらなかった。

クリスタル市は東にむかってやや土地が傾斜して低くなっている。——主として、この嵐の被害をこうむったのは東のアムブラであった。いくつかの橋によって北クリスタル区、南クリスタル区とつながっているかっこうになっている、ランズベール川とイラス川によって他の地区から切り離されているアムブラのこうむった惨禍は、かつてユラニアの首都アルセイスを襲った大雨の被害をさえ連想させるものがあった。

ふたつの川が氾濫し、小さな橋はみな冠水してしまったので、橋をわたって対岸にゆく方法はきわめて少なくなっていた。イラス川にかかるアーリア橋は決壊し、その上を避難していたたくさんのアムブラの住民たちを泥水のなかにのみこんでしまって恐しい被害を出した。アルカンドロス橋はなんとか決壊はまぬかれたが、土手が崩れたために、危険だとして、渡ることは禁止されていた。アムブラからすみやかに脱出しそこねた住民たちの大半が、家が浸水し、床上にまで水があがってきて、なかにはもっとも低い地域では屋根だけが水からあらわれているようなありさまになっているところもあったので、舟が出され、護民兵たちが舟で、屋根の上に避難している住民たちを救出して南クリスタル区へ送り届けた。送り届けられても、ゆくさきとてもないものも決して少なくはなかったのだが。

これはひさびさにパロを襲った大きな国難ともいってよかった。宰相ヴァレリウスは多忙をきわめた――護民庁、クリスタル市庁舎、そして特別に命令をうけて出動してもらった王室騎士団と、それらすべての差配が、宰相の上にかかってきたからである。ヴァレリウスにしてみればひそかに、気のもめてしかたのないことはいくらでもあったが、もはや、そんなことを気にしているいとまさえもなかった。

サリア神殿でも、本尊への落雷によって、多くの被害がでていた――運悪くも、アーリア橋の惨事から救出された難民たちの多くは、とりあえずもっとも近いサリア神殿に避難させられ、そこで手当をうけたり、とりあえず庇護されていたのだ。そこに、本殿への大落雷によって、高さ十タールのサリア像が倒れたために、不運にもそれにつぶされる者も続出し、またそれが石壁を破ったために、石壁が外にくずれおち、本殿の外に避難していたものたちにも負傷者が出ていた。サリアの尼僧たちは全員が女性であったから、負傷者の手当はともかく、サリア像の下から死傷者を救出したり、くずれた石壁をどけたりする作業はすべて護民兵が手をかさなくてはどうにもならなかった。

白亜の塔の落雷はさいわいにしてたいしたこともなく、てっぺんに守り神としてつけられていたルアー像がこわれて落ち、運の悪い女官をおしつぶしただけであった。だが、クリスタル・パレスにとってはこのような事故がおきるのは、まことに数百年来のことであった。むしろ、クリスタルをおそったこのおどろくべき災害を、なんらかのさらにおそるべき天変地異の予兆なのではないか、とみて怯える宮廷びともたくさんいた。

それはまた、ある意味、この数年来、パロをおおいつくしていた、一種いつわりの平和――いつなんどき本当の火をふくかわからぬ、休火山の火口にいるかのようなおしひそめられた不安をおもてにひきずりだすものでもあったのだろう。

（内乱……）

（反逆――内紛……戦争……）

その不安は、口には出さねどもパロの、ことにクリスタルの人々にはたえずひそかにつよく意識されつづけているものだったのだ。クリスタルは平和で、ゆたかに繁栄しているように見えてはいたが、その繁栄がいつわりのものである、ということは、かれら、そこに暮すものたちほどによく知っているものはなかったともいえる。

パロは中原のうちの先進国の自負もあり、また、上下水道も完備しているこの時代数少ない文明国としても誇りとプライドをもっている。それだけに大自然の猛威に対しても、またこのパロス平野はことのほか、気候の温和なところでもあるので、そうした大きな災害に直面することはあまりなかったまま歴史をかさねてきたので、この大嵐のショックはことのほか大きかった。

もっとも、そこはパロで、護民兵などの組織も充実しているために、ただちに系統だてた救出や避難、難民救済のための措置がとられたので、おそらく他の国で同様の災害がおきたときにくらべて、ずっと被害は少ないところでおさえられていたのも確かなことではあったが――

じっさいに雷をともなう強烈な暴風雨が吹き荒れていたのは、ひるすぎから翌日のあけがたまでの、まる一日にもならぬ時間にすぎなかった。だが、そのあいだの雨量は相当なものがあったとみえて、クリスタルをとりまくふたつの川の水位はおそろしく上がっていた。濁流はごうごうと音たてて流れ、たくさんのいのちをむざんにものみこんでしまったのだ。雨がやみ、ようやく水位のあがるのはとまったものの、まだ河岸ぎりぎりまで増水した茶色の、日頃の色あいとは似ても似つかない色あいの濁流が、すさまじい早さで流れてゆくさまは、美しい水晶の都の風景とも思われなかった。

嵐のすぎたあと、そのきずあとをなんとか修復しようとする、すみやかなこころみはもう、朝があけぬうちからはじまっていた。護民兵たちは、くずれおちた神殿や、ほかにも水のためにくずれてしまった建物があったので、それの下敷になった人々を救出するために夜どおし懸命にはたらき、その負傷者や死体が運び込まれてくるので、病院も、またいろいろな神殿もたいへんであった。すべての最高責任者たるヴァレリウス宰相のもとにはひっきりなしにありとあらゆる報告や嘆願や要請がもちこまれ、文字どおりヴァレリウスは一睡もしてはいなかった。ごくわずか横になってからだをやすめるゆとりさえなかったのだ。

アムブラは冠水したまま、まだ水がひくようすもなかったので、いずれは完全に破壊されてしまったそれらの町の修復も、失われた人々の生活の補償についても、大きな問題となってくることだろう。国王はさらにヴァレリウスにふれさせて、国王より、家を失ったり、破壊されたり、家族を失った被災者には見舞金が出ること、当面の住居をかわりに提供する用意をすすめることなどを告知させたが、まだひとびとは町を突然おそった災厄に茫然としてしまっていて、アムブラから避難してきたものたちは、たいていは、ふたつの川の河岸に茫然とすわりこみ、一瞬にして、一夜にして平和な平穏な暮しや愛する家族を奪っていってしまった濁流を見つめているばかりだった。

その、目のまわるような激務のあいまをぬって、ヴァレリウスが、それでも、おのれの最大の不安と心配をかえりみるゆとりをようやくとりもどせたのは、もうひるをまわってからだったろう。

「ギール魔道師がおみえでございます」

対策本部に設定された市庁舎の広間で、ヴァレリウスはひっきりなしに、あれこれの命令を出したり、会議を開いたり大騒ぎしていたが、その、宰相づきの小姓のことばにはっとふりかえった。

「ヴァレリウスさま」

あわただしくたくさんの役人や、護民隊長たちがかけずりまわり、ひっきりなしに人々が出入りしている市庁舎のなかには、ひどく異質にみえる、黒づくめのフードとマント――魔道師のマントに身をつつんだ、ギールのすがたをみると、ヴァレリウスはいそいで当面の用をかたづけ、奥まった小室にギールを招じ入れた。そこは、とりあえず宰相の休息用にともうけられてはいたのだが、一晩のあいだ、まったく使う時間などなかったのだ。

「どうした、ギール」

ヴァレリウスは徹夜で血走った目をぎらつかせた。魔道師どうしであるから、かわすことばは上級ルーン語、ほかの一般のものにはわからぬことばである。

「まさか、カリナエになにかあったのではないだろうな」

ヴァレリウスは瞬間に、こんな激しい任務のなかでさえたえずつきまとっている最大の気がかりをあらわにした。

「あのかたに何か……カリナエに、嵐の被害は……」

「カリナエには、嵐の被害はございません。高台でもございますし……せいぜい、ルノリアの花がかなり散ってしまってナリスさまがお嘆きになっておられる程度で……」

「そう……だろうな。何かあれば、お前がわざわざやってくるまでもない。遠話で連絡をとってくれればすむことだからな……何か、重大事があったのか」

「それが」

ギールは、結界をはりめぐらす印を結んだ。しかもさらに、魔道師どうしにしか届かぬ、特別な心話ですばやくヴァレリウスの脳にことばを送り込んできた。

(リンダさまが、宮廷から、お戻りになりません)

(なんだと)

ヴァレリウスは蒼白になった。

(どういうことだ。ギール)

(わかりません。ナリスさまは、非常に心配しておいでです。宮廷に、とりあえずデビ・アニミアをお使いにやって、ようすをうかがわせたのですが、誰も何も知らぬ存ぜぬで通しています。……昨晩からお戻りがありません。昨夜は嵐があのとおりだったので、宮廷に伺候していた貴婦人たちは、嵐をおそれてそのまま聖王宮にとまったものもたくさんいました。……最初は、そうなのかと側近は考えていたのですが、ナリスさまは、それならばリンダさまなら、そのことを自分に知らせる使者をたてぬわけがないと……デビ・アニミアが何もわからぬまま帰されてきましたので、そのあと、さきほど、ナリスさまが、私に調べてくるようおおせになりました。それで……いってみましたところ、おかしなことがいくつか)

(おかしなことだと。なんだ)

(アドリアン子爵が、足どめをくっています)

(なんだと)

(リンダさまは、アドリアン子爵を聖王宮にお送りするために、カリナエを出られたのですが……それきり、子爵もまだどこにもお見受けいたしませんので、アドリアン子爵にナリスさまよりのお使者として、お目にかかりたいと宮廷のものに申し出たところ、アドリアン子爵は、どちらにおられるかわからないと言を左右にして……貴族の来客がどこにおられるかわからぬというのは、妙だと思い、追及しますと、いや、まだ国もとへは出立しておられぬが、事情あって、どうやら……投獄とまでは申しませんが、禁足されておいでなのではないかと……)

(なんだと)

(リンダさまも……どうやらもしかしたら、国王陛下に……禁足され、カリナエへ戻ることを禁じられておいでなのではないかという気がします。——このことは、まだナリスさまには申上げておりません。もし必要とあれば、いまよりすぐにパレスにとってかえして、さらにもうちょっと事情を探り出してから、ご報告したほうがよろしいかと思い、そのままこちらに直行したようなしだいで)

(そうか……)

ヴァレリウスは考えこんだ。だが、考えているいとまさえもなかった。

激しく、小部屋のドアがノックされ、秘書官が入室を求める声がしたのだ。

「入れ」

ヴァレリウスは結界をときながら云った。入ってきた秘書官はあわてているようだった。

「お忙しいところを申し訳ございません。いま、リーナス官房長官どのがヴァレリウス閣下にご面会をと申して直接こちらにおみえになっておられまして――王室の食料備蓄を非常事態にかんがみて放出する件につき、いそぎお目にかかってご相談なさりたいと……」

「わかった」

ヴァレリウスはいくぶんおもてをひきしめた。

「すぐゆくと官房長官閣下に申上げてくれ。……すまない、ギール、こういう事情なので……もうちょっと、できれば……」

(リンダさまがもし幽閉されているとすれば、それは……どのような事情でなのか、そして陛下は何をたくらんでおられるのか……リンダさまの幽閉は陛下のご命令なのか、そのへんを……探りだしてくれ。そして、できれば……どこに幽閉されているのかも)

(わかりました。では私はパレスに戻ります。――このことは、ナリスさまへは?)

ヴァレリウスは一瞬考えこんだ。

(いま、このような何もわからぬ状態であのかたに負担をかけるのも――いや。そうじゃない。とりあえずお知らせしてくれ。たとえおからだは不自由であろうとあのかたの頭脳がわれわれの総帥なのだ。こんな重大なことがらを一刻も早くお知らせしないわけには)

（わかりました。では、いま少し調査して、ただちにカリナエに戻ってご報告いたします）

ギールはそのまま軽く一礼して出てゆく。ヴァレリウスはくちびるをかみしめた。嵐の到来とともに、嵐にさらわれてゆくかのように、激烈な奔流がいよいよおとずれてきたのだと、あらためて胸にきざみつけるかのようだった。

＊

あわただしい、それこそ息つくひまもない救災の作業は、夕刻になってようやく、多少一段落する見通しがたってきた。そこはやはり、官僚の王国というべきパロであった。これがモンゴールであれば、これだけの災厄に首都がみまわれれば、秩序の回復には、少なくともひと月以上を要したであろう。げんにユラニアなどは、戦争と大火とがともなっていたとはいえ、そののち通常の状態に首都が復旧するためにずいぶんな時間を費やしたのであった。

だが、そこはさすがに文明国パロである。たくさんの護民兵をつぎこみ、王室騎士団の助けをもかりて、あっという間に、壊れた橋の残骸をとりのけ、崩れた建物の下から負傷者を救出し、それを病院に運びこみ――がれきのとりのけ、そして被災者たちへの救済の計画などがあっという間にたてられてゆく。ずっと不眠不休で働きづめでその先頭にたっていたヴァレリウスは、さすがにかなり朦朧となっていた。

「ちょっと、お休み下さい、宰相閣下。――官房長官も奥においでですから」

「――ああ」

ヴァレリウスは、ようやく、部下たちのすすめに応じて、奥に入って一服する気になった。もともとは一介の魔道師であるとはいえ、ヴァレリウスは有能でもあれば、また非常に生真面目な、国を思うこと切なる愛国者でもある。こういう非常事態となると、彼はまことに身を粉にして働き、おのれのことなど忘れてしまう。奥の室でソファに身をなげだして、はじめて、ヴァレリウスはどれほど自分が疲労困憊しているかに気がついた。

(リンダさまが……)

だが、気になるのは、なおも、そのことである。

ギールからそののちの報告はない。心話には精神集中が不可欠である。この激務のなかで、ひっきりなしにいくつもの命令を同時に出し、同時にたくさんの人々を能率よく動かしながら、さしものヴァレリウスといえど、カリナエに心話をとばしたり、あるいはギールと連絡をとろうとしているゆとりはなかった。また、ギールが王宮のなかにいるからには、そちらには国王づきの魔道士もいる。うかうかと心話をとばすと気づかれてしまうこともないとはいえぬ。

(これもみんな、あなたが——私を宰相なんかに推挙なさるから……約束を破って……)

ヴァレリウスがぐったりとカラム水をすすりながら、腕をあげて自分の肩と首すじを自分でもんでいたとき、リーナスが入ってきた。

リーナスは被害の僅少ならざることを憂慮した国王から、王室側の全権を委任された代表として、暴風雨の被害対策委員会に派遣され、王室からの助力について、ずっと協議についていたのであった。が、むろん、あくまでも、それは王室からの寛大なる好意によっての助力、という立場からのものであったから、すべての責任者として東奔西走しているヴァレリウスのようには大騒ぎではなく、何回か宮廷に往復して王からの返事をもってきたりしたのが主たる任務だったので、ヴァレリウスのようにへばりきっていたわけでもありはしなかった。

「だいぶん、疲れたようだな、ヴァレリウス」

リーナスは親切にねぎらった。もともと、自分の部下であったヴァレリウスが、ナリスの推挙によって、本来そうなるだろうとおおいに期待もしていれば、下馬評もたかかったパロ宰相の座——ナリスの後継者の座を、まんまとさらってしまった——皮肉なことにそれは、ヴァレリウスにしてみれば、迷惑以外の何ものでもなかったのだが——ことから発したしこりは、まだすべて消えたわけではなかった。リーナスは人柄の悪い人間ではなく、どちらかといえばパロの人間としてはごく単純明快なほうであったのだが、その分、感情の動きを隠したり自分でコントロールしたりするのに苦手であったのだ。

それに、これはまあリーナスにしてみれば同情すべき点といっていえなくはなかったのは、他の者——たとえば、オヴィディウスでも、あるいはもっと他の文官であっても、リーナスのほうはそんなしこりは持たなかったに違いなかった。もともと彼は王族の血をひく大貴族の長男であって、とても育ちもよかったし、そんなに地位や名誉に恋々とするようなタイプでもなかったのだ。だから、ヴァレリウスに対しての感情的なもつれというのは、これはまったく、「期待していたパロ宰相という地位を、横あいから奪いとられた」という怒りというだけではなく、ひたすら、それが「ヴァレリウスであった」という点に由来するものだった。

ヴァレリウスは、もともとリーナスの父リヤ宰相が拾ってきて育ててやった孤児であった。いや、リーナス自身がまだごく幼い少年であったころに、町で困窮している痩せこけた、餓死しかけた孤児を拾ってやってくれと父親に無理矢理に頼み込んだのはかれ自身であったのだ。それで、ヴァレリウスはずっと、リヤ卿父子に対しては、おのれを捨て去って飢え死にするにまかせた実の親への何倍もの恩義と感謝とを感じており、ことに、朗らかで親切な《リーナス坊っちゃん》は、ヴァレリウスにとっては、長いこと、つねにかわらぬ唯一の深い愛情と家族のような忠誠の対象であったのだった。

ヴァレリウスはもともと、きわめて愛情深く、ねばり強く、そしてひたむきで生真面目な性格である。その性格の最大の特徴は、たぶん、おどろくほどにつよい一途な愛情と、いったんそのような愛情を抱いたらそれがいつまでもつづくねばり強さにあるといえたであろう。気まぐれなところや、うらおもてなどはこの灰色の目の魔道師のなかには薬にしたくもなかった。その彼が、幼い日に自分を救ってくれた、という恩義と、そののちにともに、さまざまな勉強をみてやり、悩みをうちあけられもし、心をうちとけて、兄弟のようにいつくしみ育ってきたリーナスによせる愛情には、一種切ないものがあった。

リーナスは育ちのよい貴族の坊っちゃんというだけで、特に頭がよかったり、とりたてて才能があるというわけではない、ごく普通の青年だ。きわめてまっとうに育ち、明るくて素直で人柄もよく、適度に好色で適度に快楽主義者で、だがのびやかで愛情深い、ごく愛すべき平凡な男である。そのことは、ヴァレリウスには、最初からよくよくわかっていたけれども、それは、ヴァレリウスがリーナスをかけがえのない恩人の若君として深い愛情をそそぐのに何の邪魔にもならなかった。むしろ、リーナスの凡庸さはヴァレリウスには彼の中庸としていとおしく、リーナスのいいかげんさや、適当さも、明るさやのびやかさとして許されていたのであった。ヴァレリウスはもともと誰かを強烈に愛さずには生きてゆけないタイプの魂を持っていたので、それまでの不幸なおいたちのなかで、はじめて見出したリーナスという愛情の対象は、ヴァレリウスにとって、すべてであった。家族もなく、身寄りもなく、かえるべきふるさとも知らぬこの不幸な孤児は、明るい金髪の平凡な、だが笑顔の愛らしい貴族の少年のうちに、おのれのかえるべきふるさとを見出して、全身全霊をかたむけてそこに、彼の深い魂と切ない情熱を求める心がさがす愛情の唯一の対象としてすべての思いをそそいでいたのである。たとえ、ナリスがどのように嘲笑しようと、彼自身がどれほどリーナスの平凡な人柄や才気のなさを知っていようと、そんなことは彼のリーナスへの愛情に何のさまたげになるものでもなかった。

だが、いまは——

ヴァレリウスは、もとのあるじのためにカラム水を手づからそそいでやろうと、疲れきったからだをおこしながら、重い溜息を我知らず洩らしていた。それはまるで、悪魔に見入られ、何もかもを失ってしまった自分にあらためて気づき、かつておのれが持っていたささやかな日だまりをなつかしみ、いたむ溜息のようであった。

リーナスのほうはそこまで深い人柄ではないから、最初は、おのれの部下であり、しかも自分が拾って教育まで与えさせてやった孤児であったヴァレリウスにまんまとしてやられた、ヴァレリウスがこともあろうにナリスにとりいって、大恩ある自分をだしぬいてパロ宰相の地位を奪い取るような人間だった、ということに激怒し、ヴァレリウスに対して憎しみを抱いていたものの、そののち、その感情はずいぶんと風化していた。最初は、宮廷であっても、おもてをそむけて蒼白になるくらいだったが、いまは同席すれば愛想よく挨拶もするし、世間話もするし、たまに気分がのってくると、かつてのようにごくへだてなく話をするくらいにも軟化している。気持が変化したり、何かリーナスの気持をかえるような出来事があったというわけではない。リーナスの気性として、いつまでもうらみを抱いているというだけの根気が、彼にはないのである。それに、こうして目のまえで、狂ったようにかけずりまわり、働きまくって汗水をたらしているヴァレリウスをみると、なまけものでのんびりやで、ひとのよいリーナスのほうは、（確かに、俺では、とてもつとまらなかったかもしれないな……）という気がしないでもないのである。

（家柄からすれば、確かに俺はパロ宰相の息子でもあり、父のあとをつぐべきところなんだけど……でも、こういう非常事態に、たぶんヴァレリウスみたいにこんなにてきぱきとものごとをさばくことはできないだろうからな……案外、ナリスさまは、そのへんを見抜いておられたのかも……聡明なかただから……）

それは、その日のひるま、リーナスがお人好しにも、オヴィディウスにもらして、呆れられた感慨だったのであった。

2

だが——

ヴァレリウスのほうは、リーナスほど単純でもなければ、のどかでもない。

(ああ——)

どかっとソファにすわっているリーナスを見るヴァレリウスの目には、ことばにはつくしがたいほど複雑な感慨がひそんでいた。

リーナスは、このところ、かなり、全体に——特に腹部に貫禄を加えてきている。まだそれほどの年齢ではないのだが、もともとがふとりじしの体質なのだろう。ごく若いうちにはそれでも、まだひきしまった筋肉がそのからだをささえて若々しくみせていたが、まだヴァレリウスよりかなり年下だから二十代のなかばだというのに、ことに妻帯してからのリーナスは、あっという間に年々腰まわりに脂肪がついて、若々しかった首まわり、あごまわりにもちょっと肉がついてきて、これからものの十年もたたぬうちに、みごとにでっぷりと貫禄あふれる体形になるだろう、ということが手にとるようにわかる。明るい金髪はもとのままだが、その頭頂部は前よりいくぶんうすくなってきてもいる。お気楽なリーナスの性分には、そんなことはべつだん気にもならぬとみえ、その青い目だけは以前にかわらず明るくてほがらかだ。だがもう、ヴァレリウスがいとしみ、いつくしんだ、ほっそりした明るい青いひとみと金髪の、あどけない少年のすがたは連想しようと思っても探せない。ことに、この半年ばかりのあいだに、リーナスはだいぶん太ったのだが、それはあるいは、ヴァレリウスが宰相になったことに対するストレスであったかもしれなかった。

ヴァレリウスは、複雑な思いでそのリーナスを見つめた。リーナスが最初のうちは露骨にヴァレリウスを避けていたし、そのあとも、こんなふうにして二人だけで同席するような機会はまったくなかったので、このようにまぢかくリーナスと二人でいるのは、本当に久々のことであった。

（リーナス坊っちゃん……）

ヴァレリウスは、それもまた久々のその呼び方をそっと口のなかにつぶやきながら、かつて彼にとって世界のすべてのように思われていた少年のなれのはてを眺めていた。それはどうしても、彼からその愛情を容赦なく奪い去ってしまい、かわりにおそるべき暗黒な底知れぬ妄執の深淵というべきところに彼をひきずりこんだ、もうひとりの存在を対比させずにはおかなかった。

（お気の毒なことを……このかたには、最初から……あなたに対抗するすべなど、髪の毛一筋ありえなかったことくらい、あなたは何もかもご存じだったはずなのに……）

リーナスのたわいもない、だが明るく無邪気な情愛と、はっきりと目下に対する、だが何の罪もない愛着――

（だが、それは……俺にとっては、とても意味のあるものだったのだ……リギアさまへの、所詮くちづけひとつで終ってしまうような片思いが、俺にとって、いっときにはこの世のすべてであったように――）

（俺は……とても少しのものでとても満足できる人間だった……自分でも自分があわれになるくらい、何も知らず、何も持ってなくて……愛するものなど、本当に、ちょっとした情愛のかけらがひとつありさえすれば、それで俺は……幸せだったのに……）

（俺は……世界なんか望んでなかった……ましてや……こんな、マルガの夜のはてに、ただ二人ゾルーガの指輪の毒をあおってリリア湖に身をしずめてゆくほどの妄執など……俺は、望んだことなんかなかった……）

（そんなものはひとかけらだって自分にふさわしいとも、自分がそんなものにふさわしいとも思ったことはなかった。――俺は平凡な人間で、何のとりえもないつまらぬちっぽけな無名の魔道師で……誰の注目もあびず、宮廷の華麗なひとびとの仮面舞踏会を面白く眺めていればそれで満足だった……自分が踊ろうと思ったことも、歌おうと思ったこともなく、踊れるとも、歌えるとも思わず……）

（だのにあなたは……だのにあなたは……その地味でひそやかな俺の手をつかみ、強引にこんな――こんな目のまわるような激流の渦のなかにひきこんでしまった……）

（なんということだろう……）

あたたかく平凡で心なごませるリーナスの情愛と、リギアへのまぼろしのようなあわい恋を徹底的に失わさせられるのとひきかえに、自分が得た——いや、無理やりに手中にさせられたもの。

ヴァレリウスはひどくにがい思いでほほえんだ。

「どうした、ヴァレリウス」

リーナスは何も気づかない。たぶん彼なりに、ずっとこの午後をヴァレリウスに久々につきあってみて、感じるところはあったのに違いなく、彼は最近としてはいつになく親しみのある口調で、ヴァレリウスに笑いかけた。

「疲れただろう。——ちょっと休まないと、倒れてしまうぞ。ずっと寝てないんだろう。すごい顔をしてるよ」

「恐れ入ります」

ヴァレリウスのほうはまだ、かたときたりとも、リーナスこそがおのれの主君であり、最初の剣の誓いの相手であった、ということを忘れたりはせぬ。

「どうぞ、お気づかいなく。——リーナスさまこそ、さぞお疲れでは」

「俺は、宮廷といったりきたりしていただけだから」

リーナスはヴァレリウスがちょっとたじろぐようなことを口にした。

「俺は、ヴァレリウスにあやまらなくてはならないなあ。ナリスさまにも」

「何です。いったい」

「いやぁ、きょうこの対策本部にきて、いろいろとお前の働きぶりを見ていて、つくづく思うところがあってね。——俺には、こんなことはとてもできないなあということさ」

「………」

「俺がもしいまパロの宰相だったら、俺はあちこちの役人たちに邪魔者あつかいされて、ここから追い出されていたかもしれないね。あんたは宮殿にもどっていろ、といわれて。——所詮、俺は無能なんだなあ。ナリスさまはきっとそのことがよくわかっておられたんだねえ。だから、俺がどう思おうと、あのかたはああいう、きびしいかただから、実際にパロのために使えるかどうか、という観点のみからことを判断されて、お前を宰相につけられたんだなあと、しみじみ思っていたんだよ」

「何をいうんです。リーナスさま」

驚いてヴァレリウスは云った。

「とんでもない。そんなことは……」

「いや、本当だよ。正直いってこれまで、けっこうそのことでこだわったり、お前をうらんだり、ナリスさまをうらんだりしていた自分が恥かしいよ。——俺は、お前がよるべないみなし子だったり、それを俺のおやじが育ててやった、ということを恩にきせていたんだなあ。俺はいやなやつだ。……俺は、ちっとも、何にもわかってなかったんだろうな。だからこそ、ナリスさまは、俺にはパロを——ナリスさまの後事を託すことなんかとうていできないと思われたんだろう。そう思うとつらいけれども、だがいまのお前をみてるとつくづく思うよ。

ああ、俺にはできないなあ、ってね」

「リーナスさま……」

ヴァレリウスは困惑した。いまのヴァレリウスの抱いているひそかな思いにとって、このくらい、いま云われて困ることばもなかった。

「何をおっしゃるんですか。……私はいますぐにでも宰相をしりぞいて、リーナスさまにかわって宰相についていただきたい心持でいっぱいです。ずっと、そうだったんですよ」

「とんでもない。俺にはできないよ、とっても。こんなふうに手際よくあっちこっちさばいたり、とっさにどんどん決断していったり——だけど、お前、変ったなあ、ヴァレリウス」

「そ、そうですか」

「ああ、変ったよ。こんなふうにしてお前が、てきぱきとさばいてゆくなんて——いや、確かにお前は切れるやつだったし、とても魔道師としても有能なんだろうし、学業もよくできたけれど、こういうふうに、実務で能力を発揮するとは思っていなかったからな、俺は。これもまた、おみそれしました、だな。ヴァレリウス」

「なんてことをおっしゃるんです。私はいまだにこの宰相の件については、ナリスさまをお恨みしているんですよ」

（私を裏切って——そうですよ、ナリスさま……そうでなければ、私はいまだって……あんな激しい嵐のなかで、不安がっておられるだろうあなたのおそばにずっとつきそっていることだって、そのお手を握りしめて寝かしつけてさしあげることだってできたでしょうに…

…）

「そりゃあ、ばちあたりってもんだよ、ヴァレリウス」

のんきらしくリーナスは云った。

「やっぱりあのかたはお考えが深いや。……あらためて炯眼恐れ入りますって感じだなあ。いやあ、本当に、いま俺が宰相だったら、パロは大変だったと思うよ。はははははは」

「……」

（何を、のんきなことを……）

ヴァレリウスは、あまりにもにがく血をふきだす、胸のいたみをかみしめた。

（俺が……何をたくらんでいるかもご存じないままで……）

「でもまあこれでどうやら大体かたちがついたんだろう。被災者対策のほうも」

「それはまあ、そうですね」

リンダのことは知っているのだろうか——ヴァレリウスはそっと、注意深くするどい目をかつての主家の若君の上にそそぐ。

その人柄も、むろん外見も、魂の深みも、おそるべき洞察や激しい情熱や、彼にだけ見せてしまってそのために彼をもう決してはなれられぬようにしてしまった、幼い孤独な素顔や——何ひとつとっても、いま、彼が恐しいほどに執着し、ただひとつしかない魔道師の誓いを捧げ、（アル・ジェニウス）と呼びかけたただひとりのあいてと比肩しうるものなど、何ひとつない——その懸隔がいっそいじらしくさえなる、そんな思いがヴァレリウスのうちにはある。

（もっとあなたが――悪いやつでさえあったら――野望の持主だったら……ちょっとでも、あのかたに匹敵しうるだけの……いいや、そんなことは嘘だ。そんなことはありえない――だが、たったひとかけらでも、あのかたのおそろしい暗黒のようなものがあなたのなかにもありさえしたら……私はもっと……）

（きっともっと苦しまずにすんだでしょうに……）

（あなたは、いつもあまりにもたわいがなくて、素直で、凡庸で……）

「リーナスさま」

口重く、ヴァレリウスは云った。

「え」

「先日、フェリシア夫人歓迎の宴に、おいでになれませんでしたね」

「え。――ああ」

ふいに、リーナスの目が、きょろきょろとまるで逃げ道をさがすように動いた。

「ああ、ちょっとね。はずせない用があって……」

「そののち、この嵐の災害処理が一段落したら……あらためて、ご一緒に、カリナエへ御機嫌伺いに参りませんか。私がご一緒いたしますが。リーナス――リーナス坊っちゃん」

（リーナス坊っちゃん……）

（これが――これがさいごの機会なんです。うんといって下さい。うんと……）

ったのだろうか。

その——

ヴァレリウスの、祈るような、ふりしぼるような胸のうちを、ほんのちょっとでも感じとったのだろうか。

リーナスは、またしても、逃げるように、青い目をきょろきょろとさまよわせた。

「あ、いや……その——そうだねえ……」

「あの騒動で台無しになってしまったものの、マルガのあの……ヨウィスの民の演芸会は楽しゅうございましたねえ」

ヴァレリウスはじわりと真綿をひろげるように、追込みにかかった。リーナスはちょっと腰をうかせている。

「俺は、そろそろまた戻らないと……」

「リーナス坊っちゃん」

ヴァレリウスは、強いひびきをひそめた、低い声でいった。そこにありったけの祈りにも似たものをこめて。

「私といっしょに……カリナエにいらして下さるでしょう。ナリスさまが、とても、お目にかかりたがっておられます。先日、お会いできなかったので」

「その——そのことだがね……」

リーナスは口ごもった。

「俺はそのう——こないだマルガへ……うかがったのは、はたして……正しいことだったろうかと……いまになって、とても……考えてしまってるんだ。……いや、その……もちろん……ナリスさまの、そのう——いや、その、何だ……なにには、なにしないわけでもないんだが……ただしかし、その……やっぱりね、秩序ってものは……秩序なわけだし……それに、そのう……」

「坊っちゃん」

　ヴァレリウスは低く云った。

「ここは人目も耳もありますよ。あまりめったなことはおっしゃらないように」

「俺は、ほら、その、文官だしさ」

　リーナスは口ごもった。目がきょときょととヴァレリウスを避けるように動いた。

「それに……こないだのこと……ちょっときいたんだよ。そのう……先日、リーズと一緒になる機会があったんで……」

「リーズ聖騎士伯閣下ですね」

　ヴァレリウスは低くつぶやいた。

「それでその……ちょっと考えてしまったんだけど……やっぱり、ほら、うまくいきっこないよ。……だってさあ、きょうなんか見ても、ほら、やっぱり、この国ってものすごく——がっちりと……基礎がしっかりしてるわけで、そんな……そんな少数の……とても……」

「うかつなことをおっしゃらぬように」

　ちょっと強い口調で、ヴァレリウスは云った。

「まあ、よろしいです。坊っちゃんがどのように考えられるかは、それはもう坊っちゃんのご自由というものなんですからね。そうでしょう」

「そ、そうだろう？　お前もそう思うだろう、ヴァレリウス。……よく考えてみれば……夢みたいな話だと思うんだよね、俺もつい……そのう、あのかたの話術にのせられてしまったけどね。でも、俺は文官なんだし……何もそのう、得るところはないかなと……いうわけでもないんだけど、ただ、その……」

（中原の滅びを前にして……世界生成の秘密は次の生でとくよ……と……）

（いのちあれば……グインに会ってみたかったと——この目でひと目、ノスフェラスにおもむいて、星船の秘密を……）

切ない——ヴァレリウスにはその胸をえぐるほど切ない、そのひとのささやき——ヴァレリウスの手を握りしめ、彼を見上げて云ったそのことばが、ヴァレリウスの耳に、痛いほどに鳴り響いていた。

（そう——ですね、ナリスさま……あなたは……あなたは、すべてを失われた——さいごに残ったものをさえすべて投出して……おのれの信ずるところをなされようとしている。……これで、いいのですね。これで——私のちっぽけな情愛など、私という存在が生まれてきたことさえ——こんな小さな、とるにたらぬ人間がこの世にたまたま生をうけて存在したことさえ……何もかも、世界にとってはあまりにもとるにたらぬことなのですね……あなたのようなかたでさえ、すべてを捨てて——世界生成の秘密をとこうというもっとも巨大な野望、ひとが本当はみてはならなかった野望をさえ捨てて……その身をもって中原の明日をあがなう贄としようとされているのですから……）

（ああ――あなたが本当の悪党なら、悪漢なら、世界を征服せんとたくらむ悪魔だったら……なにもこんなに苦しみはしなかった。……あなたが悪魔なら、ただの恐しい悪魔にすぎないのだったら、あなたのそのどす黒い野望に加担することも、その野望を阻止するためにあなたの細首をへし折ることも、少しの苦しみもなくてすんだ。……あなたはどうして、いつも――こんなにも……こんなにも私を苦しめ……）

（そうして、一番私が苦しまなくてはならないようにしむけられるんです。――どうしてこんなところに私を連れていってしまわれたんです――！）

（そうだ、すべてあなたが連れて、いざなっていってしまわれた……あなたは私をどこに連れてゆくのです。どこまで――！）

（この世のはてまで――ああ、この世の果つるところまで、ノスフェラスまで、星々のはてまでも――！）

（お供しますよ、ナリスさま……ああ、もう、私には、あなたしかないのだから……それ以外のすべては、もう私には……この世はあなたと、あなた以外の地獄、ただその二つだけにわけられてしまった……そしてあなたはさらなる地獄へと私をいざなわれる……）

（お守りしますよ、ナリスさま……ごらんになっているがいい。私の――私の忠誠を――私がひとにおのれのいのちをかけた思いをむけるとは、どのようにむざんな地獄なのかを、とことんごらんになるがいい——いかなあなたのその飢えた心でさえ、ご満足なさるほどに……私は……あなたのために、どのようないけにえをでもほふり——どんなに胸が張り裂けて血を流しても……あなたのために地獄をゆくことをおそれはしない……）

「お気は……変らないのですか？」

ヴァレリウスはなにげなさそうにいった。リーナスはひどく具合が悪そうだった。

「いや、だからね……俺なんか、ただの文官だし、もちろん……何かできることがあればご協力したいとは思うけれど、いまこのような状態で……ねえ、じっさい……」

「私と一緒に、カリナエへいらして下さるお気持は？」

「もう、そろそろ、戻るよ、ヴァレリウス」

リーナスは間が悪そうにもごもご云った。

「そのうちまた、邸へも遊びにきてくれないか。……それでゆっくり話をしよう。ここでは話もできないし——お前となんだかちゃんと話したのは久しぶりみたいな気がするし——俺もちょっと話したいことがあるんだよ。そのう、お前については、いろいろと責任を感じてることもあるし……そのうちあらためて、カリナエのほうへも伺候して……もうちょっと落ち着いてからね……いまは、そのう、うちもそろそろ三人目が生まれるころだし……」

「そうですね」

ヴァレリウスは優しく云った——かぎりなく優しく微笑んだ。

「次はぜひとも男の子が欲しいといっておいででしたね。ミネアさまはお元気で？」

「なんだかすごく太っちゃってねえ」

不平そうにリーナスはいった。だが、話がそれたことにあきらかにひどくほっとしたようすはいなめなかった。

「ああいうのって、一種のサギみたいなものだと思うんだけどね。――ともかく、王宮へ戻らなくちゃあ。陛下がこのたびのこの災害をとても憂慮しておいでだし……」

「道中けっこう道が混雑していますからね」

ヴァレリウスは云った――その灰色の目は、そのなかに、おもてに出すことのできぬかぎりない惜別と、おそろしいほどの苦しみにみちた誇りをたたえて、じっとかつて自分がなにものにもかえがたく愛した小さな金髪の少年だった男を見つめていた。

「このカラム水だけ、あがっておいでなさいまし。そのあいだに、馬車をご用意させておきますから」

「それじゃ、そうしようか」

リーナスは無邪気にいった。明らかにひどくほっとしたようすだった。

「お前はまだ当分戻れそうもないの、ヴァレリウス？　大変だねえ。体に気をつけて、とにかくちゃんとちょっとは寝ないと」

「相変わらず、お優しいんですね。リーナス坊っちゃん」

ヴァレリウスは云った。そして、自分もカラム水の盃を掲げた。

「乾杯しましょう。リーナス坊っちゃん――パロの未来のために」

「なんだかわからないけど、パロの未来のためになら、俺はいつだって乾杯するよ」

リーナスはいい、そして、無雑作にカラム水を飲干した。ヴァレリウスはじっとそのようすを見つめていた。

「あすの夜までにお心がかわるようでしたら、大至急、私のところに使者を下さいね。夜中でもなんでもかまいませんから」

ヴァレリウスはゆっくりと、かんでふくめるようにいった。

「そうしたら、また、今度こそ天下晴れて乾杯しましょう。パロのために、そして私の愛するリーナス坊っちゃんの健康のために」

「ううむ……気がかわったらな」

リーナスはためらいながらいった。

「だが、誤解しないでほしいけど、俺はいつだって、あのかたのお考えは正しいとは……思ってはいるんだから……それに、俺がパロのことを考えてないと思われても困るし……」

「わかってますよ。さあ、馬車の用意ができたようですよ」

「ああ。すまないね。忙しい宰相自らそんなことをさせて」

「とんでもない。あなたはいつだって――」

ヴァレリウスはしずかにいった。

「あなたはいつだって、私にとっては、小さな可愛い――大事な大事なリーナス坊っちゃんだったんですよ。そしてこれからもずっとね」

「俺も、お前のことは、やっぱり好きだよ、ヴァレリウス」

リーナスは嬉しそうにいった。

「やっと仲直りできてなんだかすっとしたよ。――胸のつかえがとれたようだ。またゆっくり話したいな」

「そうですね。……こんどは、ゆっくりお時間がとれるでしょうからね。すべてが終れば」

「そうだね。じゃあいい酒でも用意して声をかけるから。じゃあ」

「では、お気をつけて、リーナスさま」

ヴァレリウスは云った。そして、立ち上がって、リーナスを送りだすために近習を呼んだ。

「リーナス官房長官閣下がパレスへお戻りになる」

「お疲れ様でございました」

近習や秘書官たちが声をそろえる。ヴァレリウスは、ゆっくりと――そして、なんともいいようのない目で、リーナスを見た。

「さようなら。リーナス坊っちゃん」

「みんなの前でリーナス『坊っちゃん』なんていうなよ。ヴァレリウス宰相」

リーナスはヴァレリウスと元通りの雰囲気になれたのが嬉しかったので、破顔した。かなり太ったとはいえ、まだ充分にかつての無邪気さとあどけなさの残りをとどめた、たしかに魅力的な笑顔だった。

「そうでしたね」

ヴァレリウスはゆっくりといった。

「では、お休みなさいまし。リーナス閣下……ゆっくり、お休みになれますように」

「有難う、お前もね。ヴァレリウス。では、また明日」

3

ドアが閉った。

「宰相閣下、お疲れのところ申し訳ありませんが……」

いきなり、これだけの短い休憩をさえ待ちかねていたかのように、秘書官と護民長官の副官が同時に左右から言い掛ける。ヴァレリウスはいきなり手をあげた。

「本当にすまないんだが、五タルザンだけくれないか。ちょっと――ちょっと腹痛なんだ」

「それはいけません。――きのうからお休みじゃないんだし」

心配そうに秘書官がいう。

「でももうあと、ちょっとでお戻りになれますから……今夜はもう、あとはわれわれが交替しますから……氾濫の心配も決壊の心配もどうやら終りましたから、あとはわれわれにまかせて、ゆっくりお休みになって下さい」

「そうもいってられない。だがいまは……五タルザンだけちょっと横になるよ……すぐに直るから、そっとしといてくれ」

ヴァレリウスはいって、小部屋のドアをしめた。だれも疑うものはなかった――ヴァレリウスの顔は真っ青になり、その額にも、頬にも、苦悶のあまりの脂汗がにじみ出していたからである。

「ひどくお加減がわるそうだ」

心配そうに、秘書官がいうのがドアをしめたヴァレリウスの耳にきこえた。

「大丈夫かな。ろくろくお食事も召し上がらないでずっと仕事しておられたから……」

ヴァレリウスは、だが、ドアがすっかりしまるのを待っていることさえできなかった。

彼はもともと中に秘めた気性はきわめて激しい男だったし、その感情は、非常につつしみぶかく内に秘められているようにみえて、激発するともう彼自身にも制御することはできなかった。彼は、いきなり、激しく手をのばして小部屋のなかに結界をはりめぐらし、誰にもきかれないように警戒をととのえた——とたんに、彼の口からは、むせぶような、けものじみた号泣とも、絶叫ともつかぬものがほとばしり出た。

「ウ……」

彼は、おのれのからだをつかみしめ、いっそ自分の手で八つ裂きにしてしまいたいかのようにカをこめておのれの腕に指をくいこませながら、苦悶のあまり獣のようにのたうちまわった。

「ウアアアアアッ！」

その口から、声にもならぬ悲鳴が洩れた。

「ア、ア——ア……リーナス坊っちゃん、リーナス坊っちゃん……俺の……俺の坊っちゃん……俺の——俺の若君——！」

（殺した……この手で……この手にかけてしまった……とうとう……たったひとりの俺の……まことの家族とも思ったあの子を……この手で——この指が……調合し、この指が……おとしこみ……）

「アアアア！　アアアアア！」

ヴァレリウスはソファに顔をうずめ、恐しい絶叫をこらえた。だがそのまままた、こらえることもできずに床の上に倒れた。そしてのどをつかんでのたうちまわった。はたで見ているものがいたら、あまりのことに目をおおってしまったであろうほど、凄惨な苦悶の姿であった。

「アアアーッ！　アアアーッ！　あああああ……」

しなくてはならぬことだ、ということも——そしてまた、しなければかれら自身が——というよりも、いまの彼にとっておのれのいのちよりも大切なものが危険にさらされるのだ、ということもわかっていた。だが、苦悶をとめることもまたできなかった。

「オオオオオ……」

彼は獣のようにのたうちまわりながら哭いた。それはまさしく慟哭であった。

（まだ……ああ、まだ……まだ間に合うかもしれない……それにチャンスはある……俺は……あの人に……ちゃんとさいごの機会を与えた……あすの夜までに間に合えば……あの人が気をかえてくれさえすれば何も……あの人は死なずにすむ……そうだ、ちょっと腹を下したのかな、と疑うくらいですむ……そうだ、きっとあの人は気をかえてくれる……そうだ、あとで手紙を書いておこう……いや、そんなことでは……あとでもう一回、坊っちゃんのところにいって……気をかえてくれるように、俺といっしょにカリナエへいってくれるように頼めば……そうすれば、そうすれば……）

「アアアア！　アアアアア！」

彼は口に手をつめこみ、すさまじい苦しみの叫喚をおさえようとした。あまりの苦悶に、歯が皮膚をくいやぶり、血が流れだすのさえ気づかなかった。彼はとどめをさされた魚のようにのたうった。

「苦しい――苦しい――苦しい！」

恐しいうめきが彼の口からもれた。

「ああ、助けてくれ――俺をこんな恐しい運命から、煉獄のような苦しみから助けてくれ！　ああ、助けてくれ――神様！　神様！」

ヴァレリウスはおのれの首をつかみ、自分の首を絞めてへし折ってしまいたいかのように喉首をつかんだ。その手が、首にかけた鎖にふれ、なかば無意識にそれをたぐった。その指がつかんだのは、首からかけた、あの――ドーリア女神の指環だった。

それが、指にふれたせつな――

ヴァレリウスは、まるで雷にうたれたかのように、全身をけいれんさせ、そして、その指環をつかみあげて、顔の前にもってきて、茫然と凝視した。

（あ……）

彼の口から、かすかな――だがこれまでの苦悶にみちた慟哭とはあきらかにまったく違う何かの想念――むしろ光にみちた想念におそわれたような声がもれた。

「あ……あ……」

彼は、狂おしく、その指環を見つめた。それから、いきなり、激しくその指環を顔に持ってゆき、頰におしあて、両手でつかんで夢中になって唇をおしあてた。指環をつかみしめた骨ばった指が、彼の熱い涙に濡れた――だが、その涙は、涙を流すことさえできぬ獣のようなそれまでの苦悶にくらべて、恐しいほどに甘やかな慰藉にみちて彼の心をとかし、いやしていった。それはあるいは、恐しい毒の慰藉であったのかもしれなかったのだが――

「ああ……ああ……」

ヴァレリウスはうめくようにつぶやき、夢中で、まるでそれがもうひとつのゾルーガの指環で、そしてそれがいとしいひとの華奢な手にはまっているかのように、それにほほずりをした。その、致命的な毒を仕込んだ小さな指環だけが、彼に唯一の救いをもたらす――とでもいうかのように。

「ああ……そうだ……私は、貴方を――私は貴方を守らなくては……」

ヴァレリウスはなかばうっとりと目をとじてつぶやいた。その目がまた開いたとき、すでにその目はある意味では、正気を残しているとはいえなかったかもしれぬ。それは、凄絶な、とりつかれ、魂の底までも奪いつくされた男の目であった。

「そうだ……私は何を……もう、後悔しない——後悔などしない。するはずもない——私は……もう選んでしまった。私はすべてのまともな暮し、まっとうなささやかな幸せと愛、正常なやさしい人の子の心などふりすてて——鬼となることを選んだのだから……」

(ナリスさま……)

その、名がついに彼の苦悶のあまり色あせたくちびるにのぼってきたとき——

彼の目と口辺になんともいえぬ狂おしい見入られた微笑がうかんできた。

(そうですよ……もう何もご心配なさることはありません。危険な口は私が封じてしまいましたからね……大丈夫です。茶の月、ルアーの日まで……あともう八日……そのあいだ、私があなたをしっかりとこうして守り通していますからね……)

(決してあなたに危険が及ぶことのないように、中原のさいごの希望であるあなたに、万が一にも誅討の手が及んだりすることのないように……あなたは、ご自分では、その身を守ることさえもうお出来にならないのだから……)

(俺の一生など……夢のようなものだ。夢そのものだ——夢だ、何もかも夢だ……俺が、あの金髪のいたいけな男の子を愛したことも——手をとって読み書きを教え、その無邪気な微笑みにはじめてのやすらぎと情愛を感じたことも——夢のまた夢だ……)

(俺は、夜叉になったのだから……俺は、たったひとつの守らなくてはならぬものの祭壇にすべてを捧げたのだから——そのためにすべてを失ったあなたのために……)

(もっと、酷いことでも——もっと、恐しいことでも……俺はためらわずにするだろう。何があろうとも守らなくてはならぬもののあるとき、ひとはもうためらっているひまなどはない……）

ヴァレリウスは、立ち上がった。

そっと、ありったけの思いをこめて、ドーリアの指環にくちづけ、服装の乱れを直し、髪の毛をなでつけ、顔を袖でぬぐった。それから、机の上の水をひと口のむと、もう完全にもとどおりの冷静なヴァレリウス宰相となって、小部屋のドアをあけた。

「宰相閣下」

心配して、そこにつきそっていた、秘書官のカイラスがあわてて声をかけてくる。

「お加減はいかがでございますか。お薬でもおもちしなくてもよろしゅうございますか」

「大丈夫だよ、カイラス」

ヴァレリウスはうなづいた。その痩せた顔はげっそりとやつれ、目の下にはひどく隈がはかれていたが、その目はゆるぎない確信に燃えて落ち着いていた。

「もう、すっかりおさまった。いっときのさしこみだったのだろう。——空腹でカラム水を飲んだのがよくなかったのかもしれない。さあ、私もあまりここでずっと時間をつぶしていると他の用にさしつかえる。皆の用件を片付けてから、私もそろそろ戻る手筈をしないとな。手伝ってくれ、カイラス。ちょっとこのあと、大事な用があるんだ」

＊

「ナリスさま」

もう、すっかり、雨はあがっていた。

木々の梢からしたたりおちていた雨のしずくもずいぶんとかわいてきた。もうクリスタルの都はきのうの惨禍を忘れてしまったかのように、どこかで夜鳴き鳥が鳴き始めているかぼそい声がきこえてくる。しずかな夜だった——少なくともここでは。

庭園のほうにむかって開いた窓から、ふわりとおりたった人影をみて、ナリスははっとしたようにあたりに目を走らせた。

「ずいぶん、不用心なあらわれかただね、ヴァレリウス。いかに魔道師とはいえ」

「大丈夫です。ちょっと、切迫しておりますので——ほとんど時間がとれませんので、ご用件だけを」

「リンダのこと」

ナリスは低く云った。ナリスはまだ、彼としては珍しく、こんなかなり遅い時間だというのに寝台に入っていなかった。車椅子のまま、机にむかって書きものをしていたようすだ。

「ギールからその後ご連絡は？」

「ないよ。というかギールそのものが帰ってこないというのが気になる。カイに命じていま、ちょっといろいろ手配をして……伝令を走らせる用意をしていたところだ。ヴァレリウス、もしかしたら、もう、決行の日まで待ってはいられないかもしれない」

「ということは——リンダさまのことで……相手方に気づかれた、と？」

「というよりも」

ナリスの白いおもてはきびしくひきしまっていた。その顔は、このしばらくヴァレリウスの見慣れていた陰謀家のものやわらかな顔ではなく、久々にみる、武将の——先頭にたってクリスタルをモンゴールの手から取り戻したあの軍神の顔をかすかにしのばせた。

「私は疑っているのだけれど——もしかして、レムスは、すべてを……知って、というよりも予知していたかもしれない、と……」

「なんですって」

ヴァレリウスはけわしく云った。

「どうして、そう思われるのです。何か、ばれたという証拠でも」

「証拠は何もない。でも……リンダと連絡がとれないというのがあまりにも異様すぎる。デビ・アニミアが自分でパレスに伺候してくれたのだけれども、国王はいま面談中だ、その次は来客中だ、その次はちょっと他出している、といって、結局むろんレムスにも会えず、リンダの行方をたずねまわっても誰も知らぬままで——そもそもリンダが宮殿にきたのか？とさえ問い返すものばかりだったそうだ。——それに、アドリアンもどこにいったかわからない」

「アドリアン子爵も幽閉されたのでしょうか？」

「わからない。でも、とにかく、きわめて異常なことだし——お前が宮殿に戻るまえにここに立ち寄ってくれるよう念じていたよ、ヴァレリウス。いまもしお前が宮殿に戻って、そこになにかの――リンダと同じくワナがしかけられていたら――」

「大丈夫です、ナリスさま」

しっかりした口調でヴァレリウスは云った。

「私はこうみえても上級魔道師です。――たとえ、宮殿全体が巨大なワナとなっていても、めったなことで私をとらえることはできませんよ。……それに魔道師ギルドが私たちの側――というか、中立を保っているのですから、王室がかかえている魔道士たちでは、私以上に力のあるものはそういないことは確言できますよ」

「私が心配してるのは――もっと恐しい……」

言いさしてナリスは口をつぐんだ。ヴァレリウスはうなづいた。

「そのこともわかっています。だがもう、戦いの幕が切って落とされた以上、敵の出ようを見ないかぎりはまた、いたずらに憶測しているだけになってしまいます。――ご心配なさらず、ナリスさま。わからないままワナに飛込むなら大変ですが、わかっていて戻るからには、めったなことでは私はとらえられたりしませんよ。私がそんなことになったら、すべては――おしまいですから」

「ヴァレリウス……」

ナリスはめったに見せぬ、不安そうな瞳の色で、ヴァレリウスを見上げた。

「ヴァレリウス。お前が心配だよ」

「ナリスさま――」

ヴァレリウスは瞬間、つきあげてくる熱いものをありったけの力でおさえた。

「ご心配なさるのは、リンダさまのお身柄ですよ。……これから宮殿に戻り、なんとかしてリンダさまとアドリアン子爵のようすを探りだしてみます。それでもう、少しばかりあやしまれようが——いや、そういう行動に出るからには国王がたももう、いよいよキバをむこうとしているのでしょう。スカールさまにお手紙を？」

「リンダが戻ってこない、という報告をうけたとき、最初にギールの配下にいってもらった。大丈夫、スカールにはもうこちらをめざしてくれるよう連絡がついている」

「それはお素速い」

少しほっとしてヴァレリウスはつぶやいた。

「それから、ナリスさまご自身のことですが……カリナエをお出になって、ランズベール城へお入りになっていていただくのが私は一番安全だと思います」

「その手筈もしたよ、ヴァレリウス。このあと、馬車がくる。夜陰にまぎれて、いったんランズベール城に入る。——あそこからなら、いろいろな手のうちようがある——何よりも、あそこはヤヌスの塔に近い。古代機械にもすぐ近づける。ヨナにもこちらにむかってもらうよう知らせを出した。やはりお前のいうとおり、情勢を見つつだけれどもいったんカレニアへひいたほうがいいかもしれない」

「おお」

ヴァレリウスはほっとして叫んだ。

「ご決心いただけたのですね。それはよかった」

「というより、その方法を選ぶ決意がついたというだけだよ。それもむろん、ひとつの戦術として考えにはいれていたもの。……スカールがのぼってくるにも、カレニアのほうがかなり近くなる。スカール軍と合流するのがいつになるかがわかれ道になるだろうからね。――それにね、ヴァレリウス」

「はい。ナリスさま」

「このリンダとアドリアンのこと……私は、これはもしかしたら、こちらにとってある種の有利に使えるかもしれないと思ったんだ」

「え……」

「リンダが国王によって幽閉されているのだとしたら――いや、十中八、九それに間違いないと思うが、私がカレニアにしりぞいて、カレニアでリンダを幽閉した国王の非をならし、そしてリンダの救出を求めて兵をおこす――それならかなり、こちらの言い分が正当なものだという大義名分がたつ。そして、アドリアンのことで、カラヴィア公が――」

「ああ！」

「大事な子息を理由もなく監禁されたとなれば、いかなアドロンでも、私のいうことに耳をかたむける気になるだろう。カラヴィア公軍とスカール軍と合流できれば、かなり勝算はたつ」

「ああ――」

ヴァレリウスはふいに、わななくような息をついた。

「どうしたの、ヴァレリウス」

「——なんでもありませんよ」

彼はちょっと、狂ったような目つきで微笑した。

「まだ、間に合う——そう思っただけです。そう、まだ間に合う……」

「ヴァレリウス?」

「何でもありません」

ヴァレリウスはまた、狂おしい微笑をうかべ、激しく息をついた。

「そう——ヤヌスは導き給う。私はただちに宮殿へ参ります。いや、その前にちょっと……あるところへ、寄道いたしますけれど……そして、そのあと……どうなさいますか。もう、ナリスさまはランズベール城へ? そこまでの護衛にお戻りしたほうがよろしいでしょうね。カリナエからランズベール城のあいだが心配です」

「でもお前が戻ってくるのを待っているとかなり遅くなってしまいそうだな。だがお前のいうことももっともだ。とにかく今回のことには、魔道の力が大きくからんでいるのは間違いないからね。ではこうしよう。私は、夜中までお前を待っている。イリスの四点鐘になってもお前が戻ってこないか、連絡がなければ、私は動きだして、水晶殿に近づくことを避けて、大回りしてランズベール城へ入るよ。そのときにはカレニア衛兵隊に護衛させ、ランズベール騎士団も迎えにでてくれるはずだ。むろんこの動きは宮廷の歩哨の注意をひかずにはいないだろうが、もう、決行の日を待ってはいられない。ただちにルナンにも知らせを出した。

「あわただしいなりゆきになりましたが、無事にカレニアにお入りになれれば——」

もうそろそろここにくるだろう」

ヴァレリウスは激しくうなづいた。

「ともかく、いまのところ、昨夜来の大雨の被害でアムブラはもう事実上活動停止状態ですし、護民兵たちもすべて出はらっています。クリスタル市中はかなり異常な状態になっていますから、そのことだけはお気をつけて。でも、王室騎士団も出動している分、パレス内の警備にあたっているのは、近衛騎士団だけです。聖騎士団が動きだすにはまだだいぶんかかるでしょう。私はようすを見て、もしもうことをおおやけにしてもよさそう——ないし、もう露見したと考えるしかないようならおおっぴらにあなたの味方としてランズベール城に入りますし、そうでなければ、まだ少しは偽装がもちそうなら、国王の出かたをさぐってから合流します。お気をつけて——くれぐれも」

「危険をおかすのはお前のほうだよ、ヴァレリウス」

ナリスは云った。もうその白いおもてにも、何のためらいもなく、すべての迷いも苦しみもおわり、ひとつだけの信念にかけたものの清々しい決意だけが浮かんでいた。

「リンダが心配だ。——彼女はしっかりした女性だし、それになんといっても王姉で第一王位継承権者なのだから、幽閉されたといっても、拷問をうけたり、ましてや処刑されるようなおそれはないとは思うが……」

「ともかくしかし、第一王位継承権者にしてクリスタル大公妃ともあろうおかたを、理由も公表せず禁足するというのはかつてない異常事態です。これだけでも、パロ国民の気持を国王からひきはなすに足りますよ――誰だ」

「カイでございます。ナリスさま、ヨナ先生が」

「ああ。すぐに通ってもらって」

「ヨナでございます」

ヨナは、そこにヴァレリウスがいるのをみても驚いたようすもなかった。

「いよいよでございますか」

「そう、手紙では詳しいことは書けなかったが、リンダが宮廷にいったきり戻ってこない。アドリアンもだ。どうやら、あやしまれて禁足されたとおぼしい。それで、さだめた決行の日までは待っていられなくなった。私はただちにランズベール城に入る。そのあと、ようすをみてヤヌスの塔に入り、古代機械でカレニアに移動しようと思う。それまで、ずっと同行して、機械の操作を頼めるね、ヨナ」

「なんとかなると思います」

ヨナは静かに答えた。

「実際の操作は私よりもランのほうが長じているのですが――ランが実は行方不明です」

「何だって」

「私もかなり心配しているのですが……アムブラの浸水はご存じと思います。たぶん、それでどこかにレティシアとともに避難しているので連絡がとりようがないのだとは思いますが、ご連絡をいただいてただちに私もランを探そうとしてみたのですがアムブラへ渡る橋がみな通行止になっていますし、ランがアムブラにいるのか、こちら側へ渡って避難しているのかさえわかりません。ひきつづき、ヌヌスとはちょうど会えましたので、ヌヌスにランを探すよう頼んでおきました。何かわかったらカリナエに連絡を入れるよういってあります」

「わかった。カリナエにはダンカンたちが残っているから大丈夫だ。それに、ランズベール城に入ってからどのくらいでヤヌスの塔へ潜入できるかもわからないからね。すべては国王の出かたしだいだが——ともかく極秘のうちにランズベール城へ入る。いいね」

「かしこまりました」

「ナリスさま」

また、カイが入ってきた。

「聖騎士侯ルナンさまがおみえになりました」

「お通しして」

「ナリスさま」

こんどはユールであった。

「ランズベール侯からのお返事を持って、聖騎士伯リーズさまがおみえでございます」

「すぐ、お通しして」

続々と——

いよいよ動きはじめるべく、味方がこの居間に集結しつつある。

それを確認して、ヴァレリウスは、後ろ髪をひかれるふしぎな動悸を感じながら、ほかの懸念もいっそう強くつのってきていたので、ナリスにかるく一礼して、ナリスの居間を出た。あまり人前で魔道師然としたところを見せないようにしていたので、《閉じた空間》をつかうのは庭園にまわってからにするつもりだったのだ。

（リーナスさま……命冥加なかただ。……よかった。それだけでも……もうすべてがはじまるのなら……露見をおそれてあなたの口を封じる必要もない。いまならまだ解毒剤が間に合うはずだ。……待っていて下さい、リーナスさま……すぐゆきますからね……）

ヴァレリウスの胸につきあげる焦燥は激しくなるばかりだった。

4

（リーナスさま……）

リーナス聖騎士伯の邸は、北クリスタル区の、ヤヌス通りに面した一画にある。先祖代々の豪華な広大な館である。

ヴァレリウスは、カリナエをあとにして、まっすぐにそのリーナス邸を目指した。もう、すっかり雨はあがりきって、石畳の道路もようやくかわいている。だが、夜に入ってまたちょっと風が出てきたようだ。

北クリスタル区は上流階級の住宅が並んでいるところである。クリスタルの貴族の館は外側に白い鉄柵をめぐらしたり、石垣をめぐらしているものもあるが、いずれもその内側にはゆたかな緑の庭園がひろがり、広い石畳の道の左右は、うっそうたる緑がつらなっている。夜の風は、その木々を、妙に不安を誘う不穏な音をたてて、葉を鳴らし、ざわめかせている。

夜は、妙に、不安なものをはらんでいた。——それは、いよいよ否応なしにはじまろうとしている反逆行にどうしても思いがむかうからかもしれぬ。

うしろで梢がざわめけば、追手がかかったかと思わずふりむきたくなり、頭上で風が不吉なうなりをあげれば、さては敵方の魔道師かとはっと印を切ってしまう。本来、宰相にして伯爵、というような身分のものが、このような時間に、供もつれず、馬車にも乗らずにひとりで忍び歩いていること自体がひどくあやしい者だといわれてもしかたがないが、ヴァレリウスはどうしても所詮、魔道師そのものでしかありえない。おのれをどうしても、闇にすまう者、魔道をなりわいとするもの、としてしか規定することができぬ。宰相の地位は冗談ぬきでヴァレリウスにとってはただ、おのれの行動の自由を制限するいまいましい枷であるばかりであった。

「夜分突然にお邪魔しますが……」

ヴァレリウスが訪れたとき、リーナス邸はしずまりかえっていた。幼いころをそこですごした、ヴァレリウスにしてみればきわめて馴染んだ館である。

「これは、ヴァレリウス閣下」

かつてはヴァレリウスがその手伝いをしたこともある、家令のジウスが驚いて飛出してきた。

「こんな時間におひとりでどうなさいました」

「すみません。実は、リーナス坊っちゃんに大至急お目にかからなくてはならぬ用があって」

「それは……それは……」

ジウスは困ったようすをした。ヴァレリウスはいぶかしげに眉をよせた。

「もう、おやすみでしょうか？　たいへん重大な……それこそひとひとりのいのちにかかわるような用件ですから、申し訳ないが、若様をお起こししていただけませんか。お詫びは私からきっと坊っちゃんに申上げますし、そうすればきっとおわかりいただけますから。非礼は承知の上ですが、ことはきわめて緊急を要するんです。お願いします」

「それが、実は……」

ジウスは口ごもった。

「まあ、その……ヴァレリウスさまなら、ご身内のようなもの、かくしだてるいわれもございませんが——あの、ご主人様は、ちょっと気分がすぐれなくて……早めに宮殿からお戻りになり、そのまま寝ておられまして……」

「それも存じ上げています」

ヴァレリウスは早口にいった。しだいにつのってくる焦燥がつよまるのを感じていた。

ヴァレリウスがリーナスに飲ませた毒薬は、二日後に発病し、ごく自然に、ただし病名も原因もわからぬままでだんだん病みおとろえていって、遅ければ数日のうちにいのちをおとすにいたる、という——そして死体をいかに調べようとも何の毒の痕跡も見られないという、秘中の秘ともいうべき恐しい暗殺用の毒薬であった。最大の特徴は、ゆっくりと効いてゆき、そしてまったくあとで毒の痕跡がないということだ。そういう、恣意的につかわれたら非常に恐しい効力をもつ毒であるから、魔道師ギルドだけがその調合の秘法を知っているし、またそれをこのようにして勝手に使用することはギルドの非常な禁忌になっている。ヴァレリウスはあえてその禁忌をおかしたのであった。

たいへん、ゆるやかにきいて自然な病死にみえる毒ではあるが、しかし服毒したものの健康状態にかなり左右される毒薬であるので、若くて健康であればあるほど、その効果は急激に出てくる。そしてヴァレリウスが非常に心配していたのは、いったんあるひとつの症状が出てしまうとそのあとはもう、ギルドが案出した解毒剤をもってしても、もうその毒の効果を抜くことができない。解毒剤が効果をもつのは初期のうちだけなのである。ヴァレリウスがもっともおそれていたのは、その症状が出てしまい、せっかくヴァレリウスが持ってきた解毒剤が手遅れになってしまうことであった。

「一刻を争う話なんです。お願いです、ジウス殿、わけはあとでお話しますから、ともかくリーナス坊っちゃんのところへお通しいただけませんか」

「では……ともかく、うかがってまいります」

ヴァレリウスのただならぬ血相におされるようにして、ジウスは不承不承うなづいた。そして、ヴァレリウスがまたじれったくなるほどゆっくりと、奥へ引っ込んでゆこうとした――その、せつなであった。

突然、絹をひきさくような女の悲鳴が、この深夜の豪邸のなかにひびきわたった！

「な、なん……」

ジウスは仰天してひっくりかえった。

「あの声は……奥様の……」

「…………！」

やにわに——

ヴァレリウスは、ジウスをつきのけた。

そして、敏捷な動作で奥に走り込んでいった。

勝手知った、幼少期をずっとすごした懐かしい家である。ここはあの黒竜戦役にも焼け残ったところだから、中のようすは、代がわりで多少内装はとりかえたものの、間取りなどはまったくかわっていない。かつて、父のリヤ卿の寝室であったものを、いまリーナスが自分の寝室にしていることも、ヴァレリウスは知っている。ヴァレリウスは荒々しく廊下をかけぬけ、寝室をめざした。寝室の扉が開いていた。叫び声はそこからきこえてくるのだった。

「あああ！　いやぁぁ！　あなた、どうしたの！　どうなさったの、しっかりして——しっかりして！　あなた、イヤよ！　目をあいて、お願い、目をあいて、あああ！　リーナス！　リーナス！」

リーナスの妻のミネアの声であった。ヴァレリウスは寝室に飛込んだ。臨月も近いミネアが、ベッドにすがるようにして絶叫しながら泣きくずれていた。ヴァレリウスは棒立ちになった。

寝台の上に、寝間着姿のリーナスが、苦悶の形相もすさまじく、なかばななめに寝台からころがりおちかけたかたちで倒れていた。その口からも、目からも、鼻からも、耳からも、どろりと黒っぽい血がふきだして、なんとものすさまじいありさまであった。白い寝間着の胸は断末魔の苦悶にかきむしったらしく、寝間着の衿が破れ、胸の皮膚までもかきむしってしまったのか、血がにじんでいた。その手は空をつかみ、カギのように指が折れ曲がっている。ヴァレリウスは、あっと叫ぶミネアをつきのけるようにして、リーナスの手首をつかみ、脈をあらため、心臓をおさえた。リーナスは完全にこときれていた。

「リーナスさま!」

ヴァレリウスは絶叫した。

(なぜだ……)

(そんなはずはない。俺の毒は……こんな死に方をする毒じゃない……これは俺じゃない、誰か他のものが……これは、恐しいダルブラの毒……)

(そんなばかな。——そんな、ばかな——!)

「ヴァ、ヴァレリウス……」

ミネアはなかば茫然としながら、大きな腹をかばいながらベッドのかたわらにくずれおちたまま、突然飛込んできたヴァレリウスを見上げた。

「いったい、どうしてここへ……ヴァレリウス、あのひとを助けて! おかしいの、おかしいのよ! あのひと、目をあかないの。ようすがおかしいのよ——あのひとを呼んで、お願い、呼び覚まして、ヴァレリウス!」

ミネアは取り乱して叫びながらまたくたくたと床の上にくずおれた。

かけこんできたジウスがこれまた肝を飛ばして棒立ちになる。ひびきわたる絶叫に、館じゆうのものが――幼いリーナスとミネアの二人の子供たちまでもが乳母に抱きかかえられて寝室にかけこんでこようとしている。ヴァレリウスは怒鳴った。

「駄目だ。入るな。ジウス、扉を、寝室の扉をしめるんだ。それから、熱い湯を、早く！　まだ助かるかもしれん。これは――これは毒だ。リーナスさまは誰かに毒を盛られたんだ」

「ど、毒……」

ミネアが甲高い悲鳴をほとばしらせた。そしてそのまま、気を失ってくずおれてしまった。ジウスはおろおろするばかりで、どうしてよいかわからぬようすだ。

「早くしろ！」

ヴァレリウスはすさまじい声で怒鳴った。

「一刻をあらそうといっているのがわからんのか！　早く、早くするんだ！」

たちまち、リーナスの館は、上を下への大騒ぎと大混乱に包まれた。

ヴァレリウスは、ベッドに飛び乗って、リーナスにまたがり、その胸をおして人工呼吸をこころみていた。そうしながらも、内心では、そんなことがまったく無駄であることも――そうはいいはしたものの、湯で毒ぬきをしようとしても、もう手遅れであろうということもわかっていた。ヴァレリウスのつかおうとしたルーカの秘毒とことなり、ダルブラの毒の効果はきわめて非情な、徹底的なものだ。リーナスのからだはすでにこわばり、冷たくなりはじめ、その肌にはむざんな紫の斑点がうかびあがりはじめていた。それがからだをおおいつくせば、こんどはからだがとけくずれはじめ、ほんの数刻後には被害者はふためと見られぬ崩れはてた死体となってゆくだけの話だ。ダルブラの毒には解毒剤はない。

「なんと――」

ヴァレリウスは思わず、髪の毛をかきむしった。ダルブラの毒を飲まされた被害者の吐いた血にふれることさえ、あらたな被害を生むかもしれぬおそれがあった。

「なんということだ――なんという――！」

ヴァレリウスはうめくようにつぶやいた。その目は、恐しいぎらつく光をたたえて悪鬼のように燃え上がっていた。


「ヴァレリウス！」

飛込んできたのはオヴィディウスだった。リーナスの妻ミネアの兄、リーナスの義兄にして親友の聖騎士侯である。

「ヴァレリウス、いったいどういうことだ！　なぜ、リーナスが――！　毒を飼われただと？」

「私にもわかりません」

ヴァレリウスは、とうとうこれで二日目の徹夜であった。その顔はいまや彼自身も死人のようにどす黒いぶきみな色に変じてしまっていた。目の下の隈は紫を通り越して真っ黒にくろずんで、ただおちくぼんだ目ばかりが爛々と光っている。

「いつこうなったのかもわかりません。――夕刻お別れしたときにはまったくお元気で何ひとつかわったようすもなかった……それなのに、どうして……」

「リーナスはこういっては何だが人畜無害なやつだ」

オヴィディウスは隣室からきこえてくる、妹とその子供たちの泣き叫ぶ声に耳をふさぎたそうなようすで荒々しく云った。

「誰かのうらみをかって毒を飼われるなどとはもっとも想像がつかん。第一、お前はなぜこんな時刻にこんなところにいた。なんだって、古巣に突然舞戻ったんだ」

「私は……」

返答はすでに、どうしてもこういうことになるだろうとわかったときから考えめぐらせてあった。ヴァレリウスはためらわず答えた。

「私は、リーナスさまにどうしても今夜じゅうにお目にかかって、お話しなくてはならぬことがあったのです。それで、市庁舎の、災害対策本部からパレスに戻る前に、大回りしてこちらに立ち寄ることにしたのです。お話がすみしだいパレスに戻るつもりでした」

「なんだ、その話というのは」

「それは、極秘ですからオヴィディウスさまにも申上げるわけには」

「なんだと。事情が事情だぞ。俺はリーナスにとってはいわば最大の身内だ。俺にはリーナスがなぜこんなことになったのかを知る権利がある」

「もしかしたら、リーナスさまがこういうことにおなりになったのは、私がリーナスさまとお話しにきたこととかかわりがあるのかもしれない」

ヴァレリウスは激しく云った。オヴィディウスは目を細めた。

「どういうことだ」

「ですからまだ申上げることはできません。それをおききになったらまたしてもオヴィディウスさまにまでも、こういう魔の手がのびるかもしれないのですし」

「なんだと……」

オヴィディウスはまったくわからぬようすだったが、いくぶんぎょっとしたようにヴァレリウスを見つめた。

「リーナスが、何か、知られてはならぬことをお前に話そうとしていたので、消されたとでもいうのか」

「かもしれません。ともかく、私はどうしても一刻をあらそってリーナスさまとお話をしなくてはというのでとんできたところだったのですから。――そうしたら、リーナスさまがこういうことに――リーナスさまはきょう、ひるま私と一緒に災害対策本部で対応にあたっておられたのですが、お疲れになって早めに帰られ、そのときはちょっとおかげんがよくなかったということですがそれはお疲れのせいでべつだん何もほかにかわったようすもなく、夕食をすませてお休みになった。そして、ミネアさまが寝室に入ってこられたときにはもうこうなっておられた、という……」

ヴァレリウスはなんともいうにいわれぬ奇妙な表情で、顔の上に白い布をかけられて横たわっているリーナスを見つめた。耳や口から流れ出した血をぬぐいとり、布団をかけられて、一応寝間着もあたらしいものにかえられて横たえられたリーナスの、布の下からあらわれている肌はすでにぞっとするような紫色のなかに緑色のこまかい斑点のうかんでいる、ダルブラの毒特有の崩壊のはじまりを示す色あいに染っていた。

「ダルブラの毒は、経口よりも、傷口からまわるのが一番効果があるのです」

ヴァレリウスはそっとヤーンの印を切ってつぶやいた。オヴィディウスはぞっとしたように、その義弟にして親友であったものの亡骸から目をそらした。

「口からだと、健康な人間だと胃までゆかずに嘔吐してしまって助かることが多い。傷口から血管のなかをかけめぐると、一番効力を発揮するのです。——リーナスさまの死体を調べたところ、首筋のうしろにごく小さな傷がありました。おそらく、あそこに太い針のようなものにダルブラの毒をぬりつけて、暗殺者がリーナスさまを刺し……そして……」

「自分の館のなかでか」

オヴィディウスはうめくようにいった。

「リーナス聖騎士伯爵ともあろう名家の大貴族、クリスタル・パレスの官房長官ともあろうものが、自宅の自分の寝室のなかで暗殺者におそわれ、あっけなく毒殺されてしまったというのか。そんなばかなことがあってたまるか。パロは文明国だ——こんなことのおこるところじゃないんだ」

「だが、おこったものはしかたがない。これは……これはうわさにきく暗殺教団の手口とも違います」

ヴァレリウスは沈痛にいった。

「暗殺教団はダルブラの毒をつかったという話はきいたことがない。あそこはもっと、わからぬように、たくみに暗殺するときいている。――オヴィディウスさま、ミネアさまについていておあげになって下さい。私はこれから宮廷に戻って、陛下にこととしだいをご報告しなくては」

「俺もゆく」

オヴィディウスは歯を食いしばった。

「ミネアにもついていてやりたいが――いまおふくろがくるから、そうしたら俺もお前と一緒に聖王宮へゆく。これは容易ならぬ事件だ――現職の官房長官が自宅で毒殺されるなど、あってはならぬ事件だ。くそ、暗殺者め――この仇はとらずにはおかん。ヴァレリウス、お前にとってもリーナスは……このところいろいろありはしたが、かけがえのない主君だったはずだな」

「そのとおりです」

ヴァレリウスは短くいった。

「私にとっては……大恩人でもあり、そして……大事なリーナス坊っちゃんでもあったおかたでしたよ……私も、このような……このようなことにした犯人を見逃すつもりはありません」

「よかろう、では、すぐに聖王宮にむかう。お前の馬車は」

「いえ……」

「歩いてきたのか?」

一瞬、オヴィディウスは妙な顔をしたが、またすぐに首をふると、リーナスの亡骸にむけて深々と頭をたれた。

「リーナス。義兄《あに》のこの俺が誓ってお前の仇はとってやる。——この聖騎士の剣にかけて誓う」

オヴィディウスは腰の剣をぬきはなち、騎士の印を切った。

「悔しかっただろう。苦しかっただろう——愛するミネアと、二人の、いやもうじき三人になろうという子供を残してこんな死に方をするとは……許さん。お前にこんな死に方をさせたやつは決して許さん。この俺がぶった切ってやる。——来い、ヴァレリウス。ただちに陛下にお許しを得て、真相の糾明にかかるんだ」

クリスタルの夜は、あわただしく、またしても不穏と恐怖のざわめきとにつつまれた。

ヴァレリウスは、オヴィディウスの馬のあとを、追って走ってゆく馬車のなかで、ひそかにおそろしい疑惑とそして不安とに耐えていた。リーナスの亡骸が、それにとりすがって泣き続けているミネアと二人の幼い子供たちともども取り残されている死の館がうしろにどんどん遠くなる。馬車は、北クリスタル区と中州のクリスタル・パレスとをつなぐ、ランズベール大橋にむかって疾走している。ランズベール大橋を渡ればあとはランズベール城の東の丸と西の丸とのあいだにある、ランズベール門をぬけて、パレス内部に入ってゆくのだ。

(おかしい)

ヴァレリウスは、叫びだしそうな疑惑と恐怖とを、必死にこらえていた。

(いったいこれは……これはどういうことなのだ……俺にはわからない。ナリスさまなら……何か、絵ときをして下されるだろうか？　俺には……俺ではわからない……)

(なぜ、誰が、リーナス坊っちゃんを……俺がせっかく……俺の飼うたルーカの毒の毒消しを持ってかけつけたところであったというのに……よりにもよってダルブラの毒を……むざんにも……なぜだ。誰が……)

(国王がたのしたことのはずはない……リーナスさまは、結局ナリスさま側につくのを躊躇していた。だからこそ俺が口封じのために殺してしまおうと決意したのだ……国王がただったら、リーナスさまから、謀反一味の顔ぶれをききだすためにも、リーナスさまを殺すわけはない……)

(まさか……)

ふいに、ヴァレリウスは蒼白になった。

その目が暗く宙にすえられた。その額からみるみる冷たい汗がにじみだした。

(まさか……まさか——！)

(まさか、あのかたが——あの……)

その名を口にのぼせるのさえ、恐しいかのように、ヴァレリウスは両手でおのれの口をおさえた。

(俺を……信用なさらず……)

(ご自分の手で……暗殺者を――まさか――まさか!)

(俺がどれほどの思いであの……ともに育った大恩ある……リーナス坊っちゃんを……)

(いや、だが……あのかたは……いつも、リーナス坊っちゃんのことで俺を……俺をからかっておいでになった……俺にはできないだろうと思われた……のか?……あのかたは……まさか――まさか――!)

恐しい疑惑につきあげられて、ヴァレリウスはからだをよじった。すさまじい吐き気と恐怖の戦慄がつきあげてきた。

「車を」

ヴァレリウスはたまりかねて、御者台とのあいだの小窓をたたいた。おどろいて御者が手綱をひかえた。

「いま……どのあたりだ」

「ただいま、ランズベール門を通りぬけたところで……まもなく北御門にさしかかりますが」

「う……」

「どうか、なさいましたか。ヴァレリウスさま」

「すまない、気分が悪い。ちょっと車をとめてくれ」

「かしこまりました」

あわてて御者が車をとめる。ヴァレリウスは、ころがるように馬車から飛び降りて、立ち木の木陰にかがみこみ、激しく嘔吐した。目のまえにひろがっているのは、ランズベール塔の不吉な黒いすがた、そしてその前後にひろがった細長い、ランズベール城のひっそりとしたすがたである。

（あのかたはもう……あそこに無事にお入りになっただろうか……）

苦しみに脂汗を流しながら、ヴァレリウスはかすかに思った。

（無事に、ルナン侯やリーズ聖騎士伯やヨナ、カイたちに守られて……ランズベール侯のおまちするランズベール城にお入りになっただろうか……）

（ああ、ナリスさま……あなたのために、俺は、リーナスさまをさえ手にかけようと……）

（その、俺を……信じて下さらなかったのですか？……きくのが恐しい。もしそうなら今度こそ……今度こそ俺は本当に、あなたを許すことができないかもしれない……）

（たとえ中原の明日がかかっているとわかっていてさえ……あなたをもう……このままに許して生かしておくことはできなくなってしまうかもしれない……ナリスさま――！）

額をぬぐい、見回してみつけた小さな噴水に寄っていって、冷たい水をすくいとって口をすすぎ、手をすすぐ。ようやく少しだけ人ごこちがついたようだった。空には、ちぎれとぶ黒い雲が、きれぎれに月をかくしてはあらわれ、あらわしては隠している。ヴァレリウスがようやく馬車に戻ろうと身をおこしたときだった。ふいに、するどい叫び声がおこった。

第三話　魔　王

1

「あ——！」

はっとして、ヴァレリウスは立ち上がった。

すでにオヴィディウスの馬は、気がはやるのだろう、ずっと先のほうへ、まっすぐにかけて、ヴァレリウスの馬車との距離を大きくひろげているところだったはずだ。すでにそのうしろ姿はヴァレリウスが馬車をとめるときには、ランズベール門をかけぬけ、ひとけもない後宮後ろの庭園のあいだをぬってかけ入ってゆきかけていた。深夜であるのと非常事態をはばかって、オヴィディウスが連れたのは、三人の当番の騎士だけだった。ちぎれ雲がつよい風に吹き飛ばされ、雲間からあらわれた月が、くろぐろと庭園がひろがっているしずかな後宮うらの一画をぶきみに照しだした。

（あッ……）

ヴァレリウスは心臓を瞬時に氷の手でつかまれる思いにすくみあがる。

(あれは――！)

「何者だ！」

するどい、叱咤の声が、とっさに馬の手綱をひいてとめた、オヴィディウスの口からほとばしっていた。

一台の馬車と、それをおしつつむようにしている三十騎ばかりの騎士たちの群。

中にいるものの見えぬよう窓に分厚いカーテンをかけた、目立たぬごくふつうの二人乗りの馬車であったが、ヴァレリウスの視力はそれをとりまく騎士たちのなかにはっきりと、見慣れたルナンのシルエットを見分けた。間違いはなかった。

(失敗った)

ことばにすれば、それであった。

(あれは、ナリスさまの！)

日頃、ランズベール門のすぐ西側にひろがるヤーン庭園と、後宮のうしろにひろがるロザリアの園、ふたつのかなり大きな庭園にはさまれたこの道は、それもこんな夜中、ほとんどひとが通り掛かることはない。

が――オヴィディウスがこのような時間にランズベール門からこの、ヤーンの道――と通称されている、ヤーン庭園とロザリア庭園のあいだの道を通り掛かったこともまた、偶然というよりは、リーナスの横死――という、思いもよらざる変事の結果にほかならなかった。

いくつもの変事がかさなりあって、まさしく、運命《ヤーン》の――としかいいようのない偶然がぶつかりあったのだ。

「ヴァレリウスさま……」

行く手でおこった異変のようすに気づいたらしく、御者がこちらにむかって身を乗り出して、不安そうな声をかけた。

「オヴィディウスさまが……」

（く………）

たったいままで感じていた、嘔吐してもやまぬほどの苦しみと疑惑ももうかまっているいとまはなかった。

（非常時だ——許せ。パロの明日のためだ！）

ヴァレリウスの手がとっさにひらりと動いた——刀子がその手からきらりと飛び、馬車の御者ののど首のまんなかにぐさりと刺さった。何も予期せず彼にむかって身をのりだしていた御者は声もたてず、御者台からころがりおちた。

もう、おのれの罪をも、殺人鬼と化したおのれをもあわれんだり、いたんだりしているゆとりもなかった。ヴァレリウスはやにわに印をむすび、結界をはっておのれのすがたと気配をたちつつ、庭園の茂みのかげにとんだ。

「とまれ。そこの一隊、止れ」

オヴィディウスの声がするどくかさねてかけられる。馬車は庭園のかげでとまり、騎士たちがそのぐるりをおしつつんでいる。

そばだてた。

「こんな夜中に、どこへゆく。何者だ」

オヴィディウスが荒々しく誰何した。ヴァレリウスは身をひそめたまま、いたいほど耳を

「そちらこそ何者だ」

馬車のまわりをかためる騎士たちのなかから、反駁する声があがった。オヴィディウスはためらわなかった。

「聖騎士侯、王室衛兵隊長オヴィディウス。重大事件のご報告に聖王宮へ推参するところだ。さあ、そちらも名乗れ。どの騎士団の、なんという隊だ。こんな夜中、何用あってどこにゆくところだ。その馬車のなかは何者だ」

「……」

こたえようもなかった。かれらが予期していたのは、せいぜいが夜を徹して巡回する歩哨にでも発見される危険だろう。まさか、王党派の武将の筆頭とその名も高いオヴィディウス聖騎士侯がこのような時間に、そのような奇禍の報告にこんなところを通り掛かるとは思いもすまい。聖騎士たちの通常の居場所はネルバ城の東の聖騎士宮、出陣につかわれる騎士の門もパレスの西側だ。パレスの北側は、後宮といまはあいたままになっている王太子宮のうしろにだだ広い庭園と、牢獄としてつかわれるランズベール塔と、ランズベール城のひろがるばかり、日頃よほどの用がないかぎり、聖騎士侯などがたちまわる場所ではない。

「どうした。名乗れぬのか。その馬車のなかは何者だ。怪しいやつらめ……」

オヴィディウスの声がけわしくなる。彼につきしたがう三騎が同時に腰の剣に手をかけながら、馬から飛び降りた。

「あやしいものではございませぬ」

誰かの声がした。

「主人の急用でいそぎまいるところでございます。お見逃し下さい」

「だから、その主人は誰で、急用というのは何だときいている。あやしくなくば名乗れるだろう。名を名乗れ。馬車をあらためる」

「なりませぬ」

するどい声はカイのものとヴァレリウスには知れた。

「馬車におのりになっているのは、ご身分の高いご婦人です。知らぬかたとは、お目通りはかないませぬ」

「何をいうか。ますます、あやしいぞ。おい、ギタン、そちらへまわれ。ランド、馬を」

オヴィディウスはついに馬からとびおりた。荒々しく、馬車の扉をあけようと馬車にむかって突進する。さっと血相をかえて騎士たちがそのあいだにたちはだかろうとした。オヴィディウスは激しく叱咤した。

「刃向かう分には捨置かぬぞ！　俺は聖騎士侯オヴィディウスだ。パレスの安全を守るのはわが任務、あやしい奴等を捨置くわけにはゆかぬ。さ、馬車の中のものをあらためさせてもらおう」

「やめい、オヴィディウス」

あ——

ヴァレリウスは思わず身をすくませた。太い低い年老いた声は聖騎士侯ルナンのそれであった。

「貴方は！」

オヴィディウスが、低い驚愕の声をたてた。

「ご老体、なぜこんな時間に」

「オヴィディウス、どけ。お前ごときにははかり知れぬ大事がかかっているのだ。そこをのけ、のかねば……」

「ご老体」

オヴィディウスは闇にも異様な光る目でルナンをにらみすえた。どちらの手も、腰の剣のつかにかかっていた。

「なぜこんなところに——あッ！　さては！」

「のけ、オヴィディウス。われらは先を急ぐ」

「さては、その馬車のなかは——！」

カンのいいことだ——ヴァレリウスは舌打ちをする。確かに、いまとなっては国王派でも筆頭の武将といわれるほどあって、オヴィディウスも凡骨ではない。

（これは……やむを得ぬかな……抜くかな……）

ルナンがどう出るか、ヴァレリウスは固唾をのんで見守る。が、短気なルナンの決断は早かった。

「話のわからぬやつだ。やむを得ぬ」

ふいに、刃が白く闇に鞘走った！

だが、オヴィディウスは充分に予期していた。

「おのれ」

すかさず抜き合わせながら、彼は叫んだ。

「読めたぞ。その馬車のなかが何者かをな。謀反だな。さてはリーナスを殺ったのも！」

「リーナスがどうしただと？」

ルナンの声にいぶかしげなひびきが加わる——そのとたん、オヴィディウスは踏込んで剣をくりだした。ためらいのない動きだった。

「危ない！」

いきなりその刃を横あいから抜き合わされた刃が受け止めた。

「きさまは、リーズ！」

するどく、オヴィディウスが叫んだ。

「お前もいたのか。いよいよただごとならぬ。ギタン、ランド、ジャン、ぬかるな。こやつらを全員ひっくくれ」

「馬鹿者が」

ルナンが嘲笑った。

「たた四人でこのわれわれをおさえられるとでも思っているのか。オヴィディウス」

「ジャン」

オヴィディウスは叫んだ。

「ここはわれらにまかせ、早く援軍を！　近衛騎士団を呼べ。謀反だ！　謀反人だ！」

「愚かな」

次の瞬間――

月が照しだし、また次の刹那には暗闇にそまる庭園のかげで、おそるべき死闘がくりひろげられていた。

ルナンはかつては聖騎士侯随一という武名を誇った武将だが、すでに老齢であった。リーズは若く精悍だが、オヴィディウスはいまや聖騎士団一の武将のほまれはおのれにあり、との自負にこりかたまっている。人数の少なさなど何のおそれげもなく、白刃をひらめかせ、十倍する敵のただなかに殺到した。

ルナンたちは、また馬車を守らねばならぬという絶対の不利もあった。カイは健気に短刀をぬきはなった。馬車のうちは分厚いカーテンでおおわれ、ひそとも声もしない。

「おのれ！　謀反人ども！」

オヴィディウスの刃が舞う。馬車がたも応戦する。が、ヴァレリウスはくりひろげられる凄惨なたたかいを見守るいとまもなかった。

（行かせぬ！）

一騎だけ、命令一下戦場を離脱して、ただちに応援を呼びに――そしてまた国王にこの致命的な知らせを持って走ろうとしていた聖騎士に、ヴァレリウスは影のように追いすがった。ジャンは何も気づかず、馬にムチをあて、脱兎のように走り去ってゆこうとしている。「追え！」という声はとんだが、さすがにオヴィディウスの部下、すかさず他の二騎がそれをはばむようにまわりこむのでなかなか追いかけることもできぬ。

ヴァレリウスは、黒い影となって、夜の底を走った。その手から、青白い閃光がほとばしったと見たとき、それは、目にみえぬくちなわとなって馬の足にからみついていた。

馬が悲しく吠えた。そのままどうと横倒しに倒れる。ジャンはとっさに飛び降りて馬から飛びはなれた。その背に、ヴァレリウスはだにのようにしがみついた。その手にぎらりと青く塗られた短刀が光った。次の瞬間、ヴァレリウスの手の短刀がジャンの喉をかき切っていた。

声も出せず、噴水のように血を吹出しながらジャンが倒れる。ヴァレリウスはその死体の上にすばやく取りだした粉をまき、印をむすびはじめた。ぼっと音をたてて青白く死体が燃え上がったと見た次の瞬間、ジャンの死体はあとかたもなく分解した。ヴァレリウスは倒れたままあがいている馬をも非情に同じく粉をかけて生きながら分解した。こちらは死体よりかなり時間がかかった。

そのあいだに、うしろではすさまじい低いうめきがあがっていた――オヴィディウスの部下たちはよくふせいでいたがさすがに多勢に無勢だった。まず、ひとりがルナンの老巧の剣にわき腹を刺されて叫び声をあげて倒れた――わっとむらがった騎士たちが容赦なくとどめを刺した。もうひとりは残りのすべてをひきうけ、リーズたちと激しく切り結んでいた。その足が血のりですべった刹那、リーズの剣がそののどを刺し貫いた。騎士はどうと倒れこむ。

「おのれ――！」

だがランドが犠牲になるそのすきに、オヴィディウスは他のものたちをふりきり、すばやく馬車の扉に手をかけていた。

「何をする！」

カイが絶叫とともに短剣で突きかかろうとする。オヴィディウスの剣がカイの肩を切りつけ、カイは悲鳴をあげて御者台からころがりおちた。オヴィディウスは荒々しく馬車の扉をひきあけた。

折柄さしこむ月の光が、馬車のなかをぼんやりと照しだした。

「おう！」

オヴィディウスはうめいた。

「やはりそうか！　クリスタル大公、謀反だな！」

「下がれ、下郎」

馬車のなかに、ナリスは毛布につつまれ、青白いおもてだけをみせてすわっていた。かたわらにヨナがぴったりとよりそっている――身動きもできぬかれではあったが、その目は凜烈たる気合いに火をふくかとさえ思われた。

「ナリス公！　一緒にきていただきますぞ。このたびは拷問ではすまぬ、謀反の罪は確定とご覚悟なされたがよい。折角そのおからだになりながら救われた冥加ないのちを、粗末にするおかただ！」

「お前にはパロの明日が見えぬのだ」

ナリスは激しく言い返した。かすれた苦しげな声ではあったが、かつての烈帛の気迫はいっそう激しくなったとさえ思われた。

「なぜわからぬ、オヴィディウス。国王は——国王はキタイの手先だぞ！」

「そんなことは、俺にはわからぬ」

オヴィディウスは一瞬の動揺をみせた。それから、それをふりはらうように首をふった。

「そんなことは陛下がお決めになることだ。一緒においでいただこう、公。——えい、近づくな。俺に近づくと、公のおいのちがないぞ」

オヴィディウスの刃はまっしぐらに馬車のなかにむけられていた。

ルナンたちは血相をかえて動きをとめた。ヨナが思わずかばおうと動きかける。ナリスは激しく制した。

「動くな、ヨナ！」

「そうだ、それが賢いやりかただ。さすがナリス公、ご覚悟だけはよろしいようだな」

「オヴィディウス」

ナリスはなおも説得をこころみた。

「お前にもそのうち話をせねばと思っていた。私の迷妄でもなければ妄想でもない。国王はもはやもとのレムス一世にあらず！　彼はキタイの傀儡と化しおおせたのだ。それが、わからぬお前ではあるまい！」

「そんなことは俺にはわからぬ」

オヴィディウスはさからった。

「俺はただの一介の聖騎士侯、俺はただ——俺はただパロの治安を乱すものとたたかうまで！　さあ、公、おいでいただく！」

オヴィディウスのたくましい手が馬車のなかにのび、ナリスの肩をつかんだ。

「ナリスさまにふれるな、下郎！」

ルナンが怒りの声をあげる。だが、かれらはみなどうしていいかわからず、動きをとめてしまっていた。地面の上にはカイが投出され、肩をおさえてうめいている。

「俺に手だしすると公のおいのちがないぞ」

オヴィディウスはぐいとナリスをひきずりよせ、そののどに剣をかざして威嚇した。

「さあ、剣をひけ。ルナンどのも早く剣を捨てられい。この重大なる謀反、断じて見逃すことはできぬ。さあ、ナリス公、ご釈明は陛下の前でされるがよい。馬車を出るのだ……」

オヴィディウスが容赦なくナリスの腕をつかんでひきずり出そうとする——

その、刹那だった。

「………!」

声にならぬ声をあげてオヴィディウスがのけぞった。その顔に、青白い閃光が爆発し、その目を灼いたのだ。オヴィディウスが思わずナリスをはなした刹那、リーズが殺到して、オヴィディウスを馬車の外にひきずり出した。とたんに、騎士たちの剣がふりかざされた。オヴィディウスの手が断末魔の苦悶に宙をつかむようにかざされたとき、かれのたくましい姿は夜の底に、暗殺者たちが突き通す刃の下にはりねずみのように突き刺されて倒れた!

「ナリスさまっ……」

オヴィディウスが放り出したので、ナリスのからだは馬車から外に投出されてしまっていた。ヨナがかけよる——カイも血のしぶく肩をおさえたままいも虫のように這いずり寄ろうとする。だが、誰よりも早く、そのからだをかかえあげたのは、ヴァレリウスだった。

「ヴァレリウス!」

ルナンが驚愕の声をあげる。

「なぜ、ここへ……」

「事情はあとで。ナリスさま、お怪我は!」

「私は大丈夫だ」

しっかりとした声であった。

「どこか、打たれませんでしたか。……お痛みのところは……」

ヴァレリウスは蒼白になりながら、ナリスのからだをかかえあげた。ナリスのからだに手がふれた瞬間、ヴァレリウスの全身に、恐怖とも、おののきともなんともつかぬ戦慄がつきぬけた。リーナスのむざんな死顔が、ヴァレリウスのまぶたにまざまざとよみがえっていた。

（ナリスさま——！）

だが、ヴァレリウスは激しくその想念をはらいのけ、ナリスをそっと馬車のなかに抱き戻した。ヨナが手伝って、ナリスを抱きとめる。

「カイ、大丈夫か」

「平気です。かすり傷です！」

カイはあえいだ。かたわらの騎士が布をひきさいて、応急手当をしてやっている。切られたのは左肩であった。

「骨には届いてないようだ」

「他には」

「こちらは一人やられたが……カレニアの騎士が二、三人怪我をおわされた。さすがにオヴィディウス、手ごわかったな」

ルナンはうめくようにつぶやいた。

「にしても、なんでこんな……時間といい、まずもって誰にも見られぬ道を選んだはずだが……」

「運が悪かったのです」

ヴァレリウスは口早に説明した。

「夜半、リーナス官房長官が毒殺されました。それで、義兄のオヴィディウス侯が急遽よばれ、そこにいあわせた私ともども宮廷に大至急、報告にあがるところだったのです。まことに間が悪かったのです。ほんのちょっとあとかさきにずれてもぶつかるおそれはなかったし、リーナスさまでなければ、北門から入ってきてここでぶつかることもなかった」

「なんだと」

ルナンの目が光った。

「リーナスが殺された。誰にだ」

「わかりません。誰かがダルブラの毒を盛ったのです」

ヴァレリウスはあえぐように云った。馬車をのぞきこむようにして、彼はささやいた。

「お耳に入りましたでしょうか。ナリスさま——リーナスさまがなにものかに毒殺されました」

（まさか）

（まさか、あなたが……）

どうしても——

その恐しい問いだけは、ヴァレリウスの口から出ようとせぬ。

（まさかあなたが…………私にはできまいと予想して……別の暗殺者をはなったのでは……）

（私があれほどの思いで……あのかたのカラム水に毒を……あなたは、私を信じていらっしやらなかったのですか。リーナスさまをさえ、あなたに危険ならばあえて主殺し、友殺しの罪をさえおかして殺してのけようという、私の——ヴァレリウスのこの、血を吐くような熱誠を、あなたは……信じて下さることさえ、していなかったのですか）

「きこえたよ」

いらえは、しずかであった。

「リーナスが殺されたって？　いつ？」

「夜半です。イリスの三点鐘前にはことときれていました」

「確かに？」

奇妙といえば奇妙なことばであった。ヴァレリウスは一瞬、そのことばの意味を見失った。

「え？」

「確かにことときれていたんだね？　偽装ではなく？」

「何……とおっしゃいました？」

ヴァレリウスは、またしてもさきほどの戦慄が——だがもっと激しく、その瘦せたからだをとらえるのを感じはじめながら、狂おしく、暗がりにひっそりとしずかな白い花のような顔を凝視した。ナリスのおもては、疲れたようにしずかで、何の動揺も、いたみも——だがまた、罪の意識も、ヴァレリウスへの疑惑やうしろめたさもあらわしてはいなかった。その黒い瞳は底知れぬ湖のように、ただ深くヴァレリウスを見つめていた。

「完全に息たえておられました」

ヴァレリウスはあえぐように云った。おのれが発していることばがおのれのものでないかのようだった。

「脈も……心臓もたしかめました。もう冷たくなりかけていました。口からも鼻からも耳からも出血して、無残な死顔でした。……ミネアさまも子供たちも泣きわめいていました。——ナリスさま……ナリス……」

だが——

どうしても、おそろしい、詰問することばは、ヴァレリウスの舌の上でこおりついたかのように出ない。ヴァレリウスはただ、魅せられたように、ナリスの青白い顔を見つめている。

「ミネアは一晩のうちに、夫も兄も失ってしまうことになったのか。可愛想に」

ナリスはしずかにいった。そして、おぼつかぬ手をもちあげてそっと鎮魂の印を切った。

「ヴァレリウス、でもそれでお前が通り掛かってくれてよかった。ルナン、リュイスの迎えは、まだ見えない？」

「おまちを」

ルナンがあごをしゃくるとただちにリーズが馬車からとびはなれてようすを見にいった。

「ナリスさま……」

ヴァレリウスは、かすれた、たえだえな息をついた。

「ナリスさまがご無事で……何よりでございました……」

「でも、オヴィディウスの死骸をこのままにしておくわけにはゆかないね……」

ナリスは何の感傷もない声でいう。

「その騎士たちも――かれらの馬も。援軍をよびにゆこうとした騎士は、お前が？」

「片付けました。が、これだけの人数ですと、魔道で消滅させるのは……かなり疲れる上に、その魔道をつかったという証拠が……かなりはっきり残りますので、オヴィディウスさまの死骸はランズベール侯に処置をお願いしたほうがよろしいかと」

「わかった。大丈夫だよ。ランズベールの塔ならば、死体の処置などお手のものだ」

そういうナリスの白い美しい顔を、ヴァレリウスはなんともいえぬ生まれたばかりの苦悶――これまでナリスがかれにもたらしたどんな苦悶でさえ、与えることのなかったような、なまなましくいつまでも痛いやきごてのような熱い苦悶をかかえた目で、茫然と見つめた。

「ナリスさま……」

その口から、苦しげな声がもれた。

「ああ……ナリスさま……」

「どうした、ヴァレリウス。お前はこれからどうするの」

「宮殿へ……ともかく……」

ヴァレリウスはいいかけた。そのとき、リーズが走り戻ってきた。

「間違いありません。ランズベール侯のお迎えの手勢です。すぐにここに到着いたしましょう」

2

夜は――

ただならぬ不穏なおののきをひそめつつ、深更をすぎてゆこうとしていた。

ちぎれとぶ黒雲に隠されてはまたあらわれる蒼ざめた月《イリス》が、地上の惨劇をかいま見てはまた、おぞましげに顔をそむけるかのごとく姿を消してしまう。ほかには何もあかりのない深夜であった。月があらわれれば、地上に流された血も、冷たくひえてゆくむざんな死体もあらわに照しだされ、月が雲にかくれれば、すべてはひっそりと闇のなかにかき消えた。小さなかんてらのあかりだけが、庭園のかげでちらちらと動いていた。

世界は夜どおし生みの苦しみに苦悶するかに思われた――いや、それは生みの苦しみではなく、断末魔を迎えつつある死の苦しみであったのかもしれぬ。

「リュイスどのか？」

「リュイスであります。――ナリスさま、よくぞご無事で……」

「時がうつる。一刻も早く……」

「はい、すでに、城はすべてをあげてお迎えの用意をととのえております」

ランズベール侯はしっかりと、ナリスの手を握りしめる——その横顔が月に照しだされ、また闇に消える。

「むろん、籠城の用意もおさおさおこたりなく——お話をうけたまわってから、ずっと備蓄をこころがけ、いつなりともアル・ジェニウスをお迎え入れる準備万端はととのっております。——玉座のお支度もととのってございますから、粗末でよろしければ、すぐにでも戴冠なさることもお出来になりますぞ」

ランズベール侯は激しく云った。

「さあ、おいでなさいまし。これらのものは——」

その目がちらりと、配下の騎士たちがとりかたづけにかかっている、地上にころがったままのオヴィディウスたちの死体にむけられる。

「それがしにおまかせ下さいまし。ランズベール塔の地下にはいくらでもこのようなものを隠して処分する場所がございますゆえ」

「勇敢で、なかなか使える男だったが——オヴィディウス」

ナリスは、ほの白い顔をあわれむかのように王党派の武将の死体にむけた。

「このようなところでいのちをおとすはめになるとはな。……気の毒に、せめて戦場で武将として散りたかっただろう」

それが、非業の最期をとげたオヴィディウスにたむけられた、すべての追悼のことばであったのかもしれなかった。ヴァレリウスはじっと暗がりで、目をはなすことができなくなってしまったかのように、おのれのいのちにもかえがたく崇拝する悪魔を見つめていた。

「だが、正直いって、ここでオヴィディウスとこういうことになったのは、このちの展開のためには助かったといわねばならぬかもしれぬ。——王党派でめぼしい武将といえば筆頭がこのオヴィディウス、あとはみな若手だ。ベックなどはもちろん別としてだが——オヴィディウスをここではからずも除けたことは、このちのわれらの戦いの展開のためにはむしろねがってもない幸運といえるだろう」

「さようでございますな。あとはもう有象無象ばかりで」

ランズベール侯は軽蔑的に云った。少なくとも彼の、ナリスへの熱誠と信頼にはいかなるゆらぎも入り込む余地さえなかった。

「さあ、お急ぎ下さいまし。ナリスさまもさぞかしお疲れでございましょうし……」

「大丈夫ですよ、リュイス。正直いって、私はいつも、必要以上に自分がかよわいようにみせかけていたきらいがあるのは認めるよ。これまではそのほうが都合がよかったのでね。だがこれからは……」

馬車の扉がしまり、あらたにランズベール侯騎士団数十人が加わって百人ちかい大所帯となった一行が夜陰にまぎれていそぎ目的地のランズベール城に入ろうと動きはじめようとする。

その、馬車をとめて、窓をあけさせ、窓からナリスはそっと首をのぞかせた。

「ヴァレリウス」

「はい。ナリスさま」

「このあと宮殿に戻るつもりなの？　大丈夫か。オヴィディウスも行方不明――リーナスの知らせとてもすみやかに宮廷に届くだろうし、そうなると、お前は……オヴィディウスともに出ていったわけだからそのことの釈明もしなくてはならなくなるよ。もうこのまま、ランズベール城に入ってしまったほうがいい」

「そうしたいのはやまやまですが、そうは参りません」

　ヴァレリウスは厳しくいった。

「それでは、リンダさまとアドリアン子爵がみすみす――人質にとられたままということになり、こののちのたたかいに非常に大きな禍根を残すこととなりましょう。たとえどれほど危険でも、私はともかくリンダさまのお行方だけでもさぐりだしてから合流いたします。なに、ご心配なさいますな……夕刻にも申上げました。私は上級魔道師ヴァレリウスです。いまの王宮には、私に魔道で勝てるものはそうはおりませんよ」

「それは信頼しているけれど、でも向うにはキタイがついているんだということを忘れては駄目だよ、ヴァレリウス」

「わかっております。たぶん宮廷に自由に入れるのはこれがさいごでしょうし、すでにあやしまれていること――いや、おそらく国王がたもすでに何もかも承知の上と私は読みます。だからこそリンダさまをとじこめたのでしょう。ご救出は無理でも、どのような状態におられるかだけでも探りだして参りますよ、ナリスさま。でなければ、こののちのたたかいにも大きな枷がついたままということになりましょうし」

「たとえどれほどのことがあっても、いかなレムスといえどリンダだけは殺せないだろう、とは思うのだけれどもね」

ナリスはなんでもなさそうにいった。

「リンダは何といってもレムスの双生児の姉なのだし、第一王位継承権者でもあり、また人人の人望もきわめてあつい。——リンダを殺すわけにはゆかないのだから、たとえ人質にするといっても、最後の切り札というわけにはゆかないよ。もし万一レムスがリンダを血も涙もなく処刑してしまうようなことがあったら、それこそ、パロ国民のすべてが反レムス派となりはてて蜂起するだろうことは賭けてもいいよ」

「それはもう、そうに決まっておりますとも」

やりとりに真剣に耳をかたむけていたランズベール侯が力をこめて云った。

「リンダさまに万一のことでもありでもしたら、それこそパロ国民すべてが国王を、リンダさまの仇、と」

（まさか）

またしても——

恐しい疑惑のくちなわが、ぞろりとヴァレリウスの心臓のなかでうごめき、食い荒らした。

（まさか……あなたは……）

（そこまでも、予期して……本当は、リンダさまの運命など、さして案じておられないなどということは……いや、それ以上に……こうなることをなかば予期して、それをも……最愛の妻のいのちをさえ、道具に使えると思っておられたわけでは……）

（何を考えている、ヴァレリウス。――もう、考えるのはよせ。気が狂ってしまう……いまはそんなときではない。もうすべてははじまってしまったのだ……）

「では、いってまいります。ご心配なく、ともかくリンダさまのごようすさえ確かめたらもうあとはどうなろうと、まっすぐランズベール城に参ります」

「待っているよ、ヴァレリウス」

ひそやかに窓がしまり、騎士たちにおしつつまれて馬車が動きだす。もうそこからはランズベール城の裏門はすぐだ。そっとランズベール城に入ってさえしまえば、それは王城のまぎれもない一画であるとはいいながら、王宮を外敵から守るための、ネルヴァ城とならぶ最大の砦としてきわめて堅牢に作られたいくさのための城である。それはまた同時にクリスタル・パレスそのものに対しても、きわめて堅固な籠城場所となりうるだろう。その上に、ランズベール城からは、古代機械のおさめられているヤヌスの塔はきわめて近い。

このあと、ひきつづいて、夜陰に乗じてカリナエから、カレニア騎士団全員と、そしてクリスタル大公騎士団の志をおなじくする者がそっとランズベール城に入城できるように手筈がさだめられていた。いよいよ、たたかいの火ぶたは切っておとされたのだ。

（もう、何も考えてはならぬ、ヴァレリウス――もう、いまさら何を考えても同じことだ……考えるな、ヴァレリウス……リーナスさまは死んだ……どうせこの手で殺そうとしていたのだ。たとえそれが誰がやったことでも……俺もまた間違いなく、リーナスさまを殺したのだ……）

（ふりむくな、考えるな……くやむな、もう、心ゆらぐな、心弱い俺よ……悪魔に魂を奪われたからには、魂の底の底まで奪われて、奪いつくされてしまえ……そしてともに地獄の底におちたとき、はじめておのれの罪についてゆっくりと考える時間が……いや、永劫にでも、俺にさえ与えられるだろうさ。……駆けろ、ヴァレリウス……もう、何も考えるな……）

（ナリスさま……たとえ、あなたが……正真正銘の悪魔であってさえ……）

ヴァレリウスは走り去ってゆく騎士たちの一団と、それにおしつつまれた一台の馬車とを、煮えるような思いをたぎらせたまま、それが無事にランズベール城の門に入ってゆくまで目をこらして見送っていた。

それから、まだ朝のおとずれるには相当間のある、クリスタルのうしみつどきのなかで、そっと立ち上がり、疲れきったからだに鞭うつように、かくしから小さな皮袋をとりだした。それは魔道師たちが体力と気力を維持し、魔道の力を増すのにつかう、《小アグリッパの秘薬》であった。それを舌の上にふくみ、小さな携帯用の竹筒から霊薬を調合してある魔道酒をひと口だけ飲むと、ヴァレリウスはふたたび、その困難なたたかいの途につくために、疲れたからだをふりしぼって立ち上がった。その痩せた小さなすがたは、暗い夜のなかで、悲壮とも、悲惨ともいおうようない、いのちのさいごの力をしぼりつくそうとしているかのようだった。

＊

クリスタルの都は、いまだそこにどのような異変が勃発したとも知るすべもなく、おそるべき災害のいたでもまだやまぬ疲れに、ぐっすりと眠り込んでいる。

災害はきわめて広範囲で、大勢の人間に及んだ。アムブラの人々の多くが家が浸水し、あるいは家が壊れて住むところを失い、家族を失ったものも少なくなかった。アーリア橋の災害ばかりではなく、あちこちで、屋根からおちたかわらにあたったり、また鉄砲水でつぶされた家のなかで生き埋めになったものもいたのである。とりあえず、嵐の一過した一日がすぎて、きのうのあまりにむざんななまなましいツメあとだけはうすらいでいたものの、まだ、平穏な日常が戻ってくるにはほど遠い。家を失った人々はヤヌス十二神の各神殿が好意で提供したその神殿の外側の回廊にとりあえずござや敷物をしいて夜風をしのぎ、身をよせあい、これからの不安や、失った平和や家族についての嘆きにくれながら、いねがての夜をすごし、そして護民兵たちは昨日の夜を徹しての作業につづく昼じゅうの救出作業に疲れはてて、泥のように眠りこんでいた。クリスタル・パレスはひっそりとしずかであった――事情が事情であったので、すべての予定されていた宴会も舞踏会も音楽会も中止され、また嵐のために足どめをくらった貴族、貴婦人たちはひどい目にあったとぼやきながらそうそうに自宅へかえっていったので、いつもなら夜どおしの宴会ににぎわう一画がかならずひとつやふたつはあるパレスの中心部も、すべてのあかりを消して常夜灯のみ残し、ひっそりと眠りについていた。

その、パレスの聖王宮のはずれに、ふわりとあらわれた黒い影があった。ヴァレリウスであった——彼はもう、すべての表面をとりつくろうこころみを投げ捨て、もとどおりの、何よりも彼にとってぴったりくる魔道師の黒いフードつきの分厚いマントに身をつつんでいた。首からはドーリアの指輪と水晶の護符とまじない板が光り、腰にはまじない紐を結び、さまざまな《魔道師の七つ道具》をとりそろえ——それは完全に、もはや《ヴァレリウス宰相》でもなんでもない、上級魔道師ヴァレリウスのすがたでしかなかった。

ヴァレリウスは、ナリスのことばどおり、オヴィディウスと同行してリーナスの家を出たのが、リーナスの遺族にも家臣たちにも知られている以上、おおびらに宮廷に戻れば、オヴィディウスの行方不明が知られしだい、当然おのれが糾明されるのだ、と気づいたので、もう、すべての仮面をぬぎすてることに決めたのだった。もはやサイは投げられたのだ。もう戻るすべはない——そのことがいっそ、しかしヴァレリウスを、あの煮えるような苦悶をさえしばし忘れさせるほどに、心のさだまった勇敢な決意で満たしていた。

（リンダさま……それに、アドリアン子爵を、なんとか……）

ナリスは、リンダの幽閉をも、またアドリアンの禁足をも、逆にパロ国民や、カラヴィア公を動かす道具としてつかえばいい、と考えているようだ。だが、それが、ヴァレリウスには逆に、非常に不安であった。

（あのかたは……決しておわかりにならぬことが多すぎる。……それは、あのかたが、ああいうかたで……人間の心理がどう動くかについて、一番よくご存じのようでいて……まったくおわかりでないからだ。——ずいぶん変られたけれども、そういうところはまだ駄目だ。それは……こういっては何だけれども、あのかたが、リンダさまへも、またアドリアン子爵へも、本当に心を動かしてはおられないからわからないのだ。パロ国民はたしかに逆上するだろう——だが、そのためには、もっと……ナリスさまが、必死になってリンダさまのお行方を探しもとめたという事実がなくてはだめだ。でなければかえって、逆に、それもまたナリスさまの陰謀だったのではないかとさえかんぐられてしまう。妻を幽閉され、ただちにそれを戦術として武器につかったら、逆にこちらが非道なやつと思われてしまう……）

（少なくとも、リンダさまのお行方をはっきりとつきとめ——確かに国王の手におちていると確かめないうちは……）

もう、国王がたにすべてが悟られているだろう、反逆のこころみはすべてが見てとられているのだろうということは、ヴァレリウスは疑っておらぬ。

こちらにくみした者のなかに間者がいるのではないか、という疑いはあまりなかった。いちばんそれと同じことを結果としてしてしまいそうな危険をはらんでいたリーナスは、すでに死んでいる。そうである以上、あとはルナンも、リーズも、カルロスも、ランやヨナも、ましてやランズベール侯も、必死になってナリスの謀反をかなえようと奔走している人物である。そのだれかが間者であるという可能性は、まずない。

むろん、大勢の騎士団のなかには、あるいは国王派の息のかかったものもいるだろう。だがそれまで心配していてはしかたないし、ランズベール城に籠城してしまえば、もしそういう間者があやしい動きをはじめても、こちらが注意しておればずいぶんとふせげるようになる。だがそれも、自分がランズベール城に入ってのことだ。

（あのかたは……あれほどひとを信用しておられぬくせに――そういう点では、妙に……すなおなところがおありになる。やはりお育ちがお育ちだから……王子様には、本当に俺のようにひとが悪くなるのは無理なのだろう……）

そのためにも、一刻も早く自分がナリスのかたわらにゆかねばならない。そのためにする、これが最後の、すませておかねばならぬ仕事である。

（リンダさま）

ヴァレリウスは、結界でおのれの気配を消しながら、きのうまでおのれが宰領していた聖王宮のなかを、そっと、ねずみのようにあちこち嗅ぎ回った。

むろん、レムスとても、そうかんたんに探し出されるようなところへは、リンダを隠しておくことはないだろう。もう、ヴァレリウスがナリスについたこともはっきりしている以上、レムスは、そのことも計算にいれているはずである。当然、通常ならこういう場合罪人を幽閉する場所であるランズベール塔にも、リンダを幽閉するわけはない。ランズベール塔なら、魔道師たちは自在に出入りできるのだ。

（聖王宮の地下ということはなさそうだ……べつだん、どこも特に警備が増えているということもない……）

もっとも、あるていど悪賢ければ、それも計算にいれて——警備をいきなりふやして、ここかと感付かれてしまうことを避けるということも考えられはするが、それにしても、絶対にうかうかと救出されてはならぬ人質ならば、多少は警備をふやしたり、警戒をきびしくしたりするだろう。だが、聖王宮のどこをどうかぎまわっても、いつもの夜と少しでも異なるところは見付けることができなかった。

（くそ……では、どこだ……）

ヴァレリウスは、頭のなかに、いやというほど叩きこまれているクリスタル・パレスの地図をひろげながら考えた。

通常ならば罪人を幽閉するのはランズベール塔かネルヴァ塔だ。ランズベール塔が貴族の罪人を、そしてネルヴァ塔が平民の重罪人をとじこめる牢獄であるのはもう、クリスタルの常識中の常識だが、この場合には、リンダは罪人ではないし、またランズベール侯がこちら側についていることがわかっている以上、ランズベール侯の配下にあるランズベール塔をつかうわけもない。

といってネルヴァ塔もつかうまい。それは、王宮の中心部からはずっと遠すぎるし、そのあいだにランズベール城がわだかまっている。それにネルヴァ塔は大公妃にして王姉ともあろう高貴な囚人をとじこめるにはあまりにも作りがお粗末だ。

だが、王宮の一室——まして後宮や、かつてリンダが住んでいた王女宮などに幽閉することはないだろうとヴァレリウスはふんでいた。そうした普通の宮殿の一室では、どのようにまわりに厳重に兵をめぐらしても、かえってそのためにその異常な警戒ぶりでそこの一画に何か秘密があると悟られてしまうだろうし、また、ヴァレリウス魔道師が相手にいると知っていれば、魔道師がいかにそうした場所に侵入するのがたやすいかもわかるはずだ。

魔道師の侵入をふせぐためには、結界を張らなくてはならない。そして、結界は、狭い場所であればあるほど、少しの力で強力な結界が張れる――そして、塔は結界をはるには最適の場所である。狭いだけではない。塔、というかたちそのものが、魔道のパワーを集結させる一種のアンテナの役をするのだ。だからこそ、魔道師たちは、高い塔や建築物をめあてに動くのである。それに、塔ならば、まわりに兵を配置して警備するのもいたってたやすい。

（となると……どの塔かが問題だ……）

《七つの塔の都》と通称されるほどたくさんの美しい塔がシンボルになっているクリスタル・パレスである。その塔をひとつひとつ、あたっていったら大変な手間がかかって、その前に必ず国王がたに発見されてしまいそうだ。ヴァレリウスは、ともかく朝になる前にランズベール城に入ってナリスと合流しなくては、と決めている。

念をこらして探ってみても、特に強烈な結界が張られている塔を見出すことはできない。

――むろん魔道師の塔は別だが、そこにむろんリンダが連れ込まれようわけもない。

（だが、さらに強力な魔道師がそろっていれば――強烈な結界を張った上にさらに、結界隠しのめくらましの結界を張ることも可能だ……だがそこまで強力な魔道師がそろっているかどうかは知れたものじゃないが……）

（塔……ううむ、あまりまず、カリナエに近い塔ではなく……ということはヤーンの塔ではない。ルアーの塔でもあるまい……ヤヌスの塔……それはありうるが……だがどうだろう。あそこには……地下に古代機械が眠っている。いずれはナリスさまが古代機械に近づこうとすることは国王も予期するだろう。とすれば、そこにリンダさまを幽閉するようなことをするだろうか。するとすれば……よほど、周到にワナをしかけて古代機械に近づこうとするナリスさまに、一緒にリンダさまもとりかえせるという、一石二鳥にみえるワナをしかけてあるとしか考えられない）

（とすれば……まずごく普通に幽閉するとすればどこだ……水晶の塔もカリナエに近い。――では、真珠の塔か。だが真珠の塔は、紅晶殿のなかにある……あそこは夜な夜なさまざまな来客を迎えるところだ。こっそり重大人物を幽閉するにはむかない……とすれば）

（とすれば――残るは、サリアの塔と……白亜の塔……）

（サリアの塔は、ヤヌスの塔から近すぎる。……それに、そうか……白亜の塔は王妃宮のうしろだ。王妃を警護するという名目でなら、かなりの騎士団を出しても……それほど宮廷の中心部に目立つことはないし、それに――白亜の塔からは、聖騎士宮が近い。……いざとなると、いくらでも、援軍がただちに聖騎士宮から呼び寄せられる……）

（ふむ……俺がもし、レムス国王だとしたら……俺はたぶん白亜の塔にリンダさまをとじこめる……）

アドリアンのほうは、これはどうにでもなる、といっては何だけれども、どこに幽閉したところで、さして気にされることもなかろう。むろんカラヴィア公が子息の禁足に疑惑を持って、当人が乗込んできたりすれば別だが、そうなるまでには、カラヴィアは遠い。知らせがついて、何回か押問答があるとしても、最低ひと月以上は、カラヴィア公が動きだすまでにかかるだろう。

（アドリアン子爵は……たぶん、王の近くに——聖王宮の地下にでも、とりあえず禁足しておくのが一番いいと考えるのではないだろうか。だがとにかく、リンダさまとは絶対にひきはなすだろう。……そしてリンダさまにちょっとでも同情的な、ちょっとでもナリスさまに通じそうな危険のあるものがいっさいいない場所に……とすればやはり……一番カリナエから遠い、王妃宮のなかにある……）

（白亜の塔）

その直感と読みに、賭けてみよう——

心がきまった。

どちらにせよ、もう聖王宮には、どうやらリンダのいるようすがないことは、気配を断ってそっと、早くも起きだして朝のしたくにかかっている厨房のうわさ話などにもぬかりなく耳をかたむけて、確かめてある。べつだん、重大な客人が増えて、特別の食事の用意がされているようでもないし、女官や騎士たちがきのうにくらべて増えていたり、配置がかわっているということもない。

（よし）

（乗込んでみよう）

白亜の塔へ。

それが駄目なら、またそのとき考えればよい——そこにもまったく痕跡がなければ、ともかくいったんランズベール城に入ってナリスとこののちのことを相談しよう。

ヴァレリウスは一人ひそかにうなづいた。次の瞬間、ひとけのない回廊に気配を消したままたたずんでいた彼のすがたはふいと、壁にとけこむように消え失せていた。まるで、それは、夜にしのび歩く、聖王宮につきまとうあやしい呪われた亡霊のすがたのようであった。

3

(白亜の塔)

それは、クリスタル・パレス中枢部のもっとも東寄り、ネルヴァ塔に見守られた王妃宮のさらに北東に建っている、あまり高くない塔である。

すべて白大理石づくめで立てられているから、白亜の塔の名がある。背は高くはないが、きわだってフォルムの美しいことで知られる、女性的な優美なかたちの尖塔である。その先端は、美しい白蓮の花を模して花弁のようにいったんひろがり、その上がはるかなキタイに咲くといわれるまぼろしの白蓮の蕾のようにすぼまっている。

その白亜の塔に先日の大暴風雨のさいには落雷があったといって、ずいぶんと女官たちが騒いでいたのだった。だが、さいわい、もっとも突端の、その優美な蓮の蕾の頂上からのびている、ほっそりした避雷針が折れてしまっただけで、塔そのものには被害は及んでいない。

(あの嵐そのものだって……こんな季節はずれに……魔道のなかには、季節はずれの嵐をよびおろす、大魔道だってないわけではないのだからな……)

ヴァレリウスはけわしい顔で白亜の塔を見上げた。

夜は、すこしほころびそめ、まもなく、あと一ザンもすればすっかりしらじらと明けてくるだろう、というころあいになってきている。闇はさきほどよりずいぶんと濃さをやわらげ、かすかな夜明けの予兆のようなものが東の空にゆらめいている。

とりたてて、変事のあったようすもなければ、また特に警備の兵がふやされているというようすもなかった。だが、ヴァレリウスのするどい目は、ひとつの異常をすぐに発見した。

(白亜の塔のかなり頂上のほうまで……窓に、あかりがみえる)

(この塔は日頃は……ひとのすまう用途には使われていないから、夜どおし、常夜灯をつけておくような習慣はないはずだ)

(やはり、リンダさまはここか)

ナリスは、もう無事にランズベール城に落ち着いただろうか——

ふと、ヴァレリウスは左手に黒々とわだかまる、白亜の塔の美しい女性的なシルエットに比すれば凶々しいとさえいいたい不吉なランズベール城のすがたに目をやった。

(さきほどの狼藉がおからだにこたえていなければいいが)

オヴィディウスに馬車からひき倒されたナリスのからだが、気になっている。

が、時間がなかった。ヴァレリウスは思い切って、深く息をすいこんで呼吸をととのえ、念を統一すると、ふたたび気配を消す魔道の術を使いながら、白亜の塔の内部に潜入した。門衛たちの前を堂々と通り抜けていっても、門衛たちにはヴァレリウスのすがたが見えぬのだ。気配隠しの術については、ヴァレリウスはかなりの自信を持っている。ためらわず、白亜の塔の内部に入ってゆく。なかは、白地に錦の模様をうかせた豪華な壁布がはりめぐらされた、瀟洒な作りになっていて、あやしく血なまぐさいランズベール塔などとはずいぶんと違う。ここは、王妃の賓客、たとえばいまなら王妃の母のアグラーヤ王妃だの、また別の国の王族の女性などが訪れたときに、その寝泊まりに提供したり、また王妃がたまに景色を楽しみたいときに使ったりする塔なのだ。一階は美しい、壁にきれいな風景画をかけめぐらしたフロアーになっており、小さな音楽会などに使われることもあるので、じゅうたんもきわめて上質なもので、家具も象嵌の入った、ごく美しいものであった。

そのフロアーはしんとしずまりかえっており、まったくひとの気配もなかった。ヴァレリウスは、そっと結界をのばしてあたりのようすをさぐり、細心の注意をはらいながら、しだいに結界の《足》を上方にのばしていった。

特に、あやしい結界が張ってあるという気配は感じられない。——が、たしかに、塔をとりかこむ人間の気配はかなり多く、いつもとは比較にならぬくらい、この塔に警護の人数が多く割かれているのは確実のようだ。

ヴァレリウスははた目からもし見ることのできるものがいたら、ただじっと、そこに足を組んで座りこみ、目をとじている、としか見えぬ状態で、しずかに深く念をめぐらした。ふいにそのからだがびくっとふるえた。

(この気配は……普通の人間ではない)

(白いオーラ——純白の、光り輝く高貴なオーラ——霊能者のオーラだ。間違いない。これ

は予知者の……リンダさまのオーラだ）

（やはり、ここに……）

ヴァレリウスの目がかっと開いた。

彼は、すばやく結界を最小に——自分のからだひとつをつつみこむようにちぢめると、そのままましずかに塔のなかを上にむかって移動しはじめた。彼のからだは空中に一タールばかり浮きあがり、音もなく、黒い影のように階段をさがしあて、そのまま階段をふわふわとのぼってゆく。さながらそのようすは夜にあらわれる呪われた幽霊そのものだ。

魔道の都に巣くう魔道師そのものであるヴァレリウスとしては、その魔道の王国たるパロの中心部にいるのでありながら、これほど重大な人質の虜囚を幽閉してある場所に、思ったほど、魔道の結界をはりめぐらしての警戒が見られない、というところに、ひそかにかなりの違和感と警戒心を感じないわけではなかった。だが、これがよしんばワナだとしても、それから逃れる自信はあった。それに、ワナであればそれはそれで、たくさんのことが判明するだろう、という不敵な気持もある。

（リンダさま……）

それでもまったく魔道の結界を感じないわけでもなかったので、感知されるのをおそれて、あえて心話を飛ばすことはせずに、ひとつひとつの階に入るたびにそっと結界をのばしてその階をさぐる方法をとりながら、ヴァレリウスはしだいに上層へあがっていった。しだいにはっきりとしてくる白い、銀色の光をおびた強烈な、きよらかだがおそろしくつよいオーラが、彼にはまるで目にみえるのと同様にはっきりとリンダのゆくえを知らせていた。

（ここだ）

さすがにその階には、全体に強烈な結界がはりめぐらされていた。入口のところに、背中あわせに結界を張るための四芒陣のかたちをとった下級魔道師四人がすわって、さきほどのヴァレリウスのように、膝の上で印をむすび、目をとじていた。ヴァレリウスの気配隠しの術はおのれで自負するとおり、ヴァレリウスの習得している魔道のなかでもっとも強力なものだ。それについてだけだったら、たとえこの世の三大魔道師が登場しようとさえ、対抗できる自信がヴァレリウスにはある。でなければ、その結界に当然ひっかかって、たちまち警報がなりひびいている、ということになるだろう。

ヴァレリウスはすばやく印をむすぶと、腰の袋から黒蓮の粉をとりだした。指のあいだから、サラサラとそれを空中に舞わせてゆく。魔道師たちは何も気づかなかった。やがて、ふいに、ひとりががくりと前のめりになると、つづいてほかの三人もがっくりと首を垂れて意識を失った。

（たわいもない……）

つぶやくと、ヴァレリウスはいそいでその階の奥の室へとんだ。扉の前に、四人の衛兵が槍を手にして立っている。これも、黒蓮の術で一瞬に意識を失わせた。

（リンダさま。——リンダさま）

結界を、室をつつむ大きさにひろげながら、ヴァレリウスはすばやく扉をほとほとと叩いた。同時に、リンダにむけて、そっと心話をほとばしらせた。ただちに、中から鋭敏ないらえがあった。

「ヴァレリウスなの？」

「リンダさま……ここにおいででしたね」

ヴァレリウスは意を決した。まだ、ワナへの疑惑が晴れたわけではなかったし、それに室内に入ることは、袋小路にみずからとびこむようなものであったから、危険ではあったが、この目で確かめぬわけにはゆかなかったのだ。ヴァレリウスは一瞬にして、頑丈に何重にもカギのかかった扉を《閉じた空間》の秘術で透過し、こじんまりとしてはいるが充分に設備はととのえられた、貴婦人の寝室然とした瀟洒なつくりの室内に侵入した。

「おお、ヴァレリウス」

室内にいたのはリンダただひとりだった。彼女は白い長い絹の夜着をまとい、素晴しい銀髪をほどいて肩からたらし、ベッドにすわっていた。やつれて、心痛に蒼ざめていたが、その可愛らしい顔は少しも、うちひしがれた色も、恐怖の色も示してはいなかった。

「危険よ。よくわかったわね、ここが」

「やはりここにおいでしたか、リンダさま」

ヴァレリウスは膝まづいて正式の王妃への礼をした。だがリンダはもっと実際的だった。彼女はどうやってきたかとか、つまらぬ儀礼的なことなど口にしようともせず、ただちに本題にとびこんだ。

「ヴァレリウス、謀反は危険だわ。でもこのままにしておいたらもっと大変なことになる。私、見たわ。ヴァレリウス、レムスはもうもとのレムスじゃない」

「……」

「とうとうあいつは私の前で尻尾を出したのよ。いえ、とうとう、仮面をぬぎすてたわ。あいつは、キタイの竜王よ……レムスをのっとってるのは、もう、カル＝モルじゃない……カル＝モルがまずのっとり、道をつけてそして竜王をよびよせたんだわ。いまはすでにあの子はレムスであってレムスではない……人間だと思ってはだめ。ここにいるのだって本当に危険なことよ」

「承知の上です。半ザンなら、なんとか、私も上級魔道師です。なんとかあなたさまのお力もかりればきゃつの目をごまかせるかと思います。では、やはり、レムスさまはすでに？」

「はっきりと私の前で正体をあらわしたわ。そして、あいつは、もう、ナリスたちの謀反の計画も、あなたがナリスについたことも知っている」

リンダは、あのおぞましい中傷のことを思いだして、くちびるをかんだ。だが、すぐ気をとりなおした。

「私たちは――私たちも、ナリスも、そしてパロも、想像した何倍もの深いワナのなかにいるわ。もうこうなったら、ナリスだけがパロの希望にほかならない。きいて、ヴァレリウス、あいつは、アルミナをみごもらせたのよ！」

「なんと……」

「それは人間の子供ではない、むろんパロ聖王家の子供でもないの。それは、キタイの竜王の血をひく子供……それを、パロ聖王の座におくりこみ、そしてパロをキタイがあやつる闇王国に変貌させる、というのが、あいつの本当のたくらみだったのだわ。ナリスはなんて正しかったのだろう……でもそんなことをいってるひまもない。ナリスはどうしていて？」

「無事に――」

ヴァレリウスは口ごもった。そして、答えをかえた。

「大丈夫です。いまのところは、完全に無事に守られておいでになるはずです。あちらにも魔道師たちがついておりますし――魔道からも、人間からも安全に守られてリンダさまのお身柄だけを心配しておられます」

「でも、早く、クリスタルを出たほうがいいわ。もう、一刻もあのひとをクリスタルにおいておいてはだめ。――仮面をぬいだ竜王は私にはっきりといったわ。あのひとの古代機械の秘密と――そして貴いいけにえの血がめあてだと。それまでは私もあのひとも殺さない、と……あのひとが危ないわ。早く、クリスタルを出て、ヴァレリウス。そして、あのひとを――私はかまわないから、あのひとを、なんだったらパロをも出て、安全なところへ……」

リンダはふいにわななくような息を吐いた。

「ああ、でも……もう、いまとなっては……戦うしかないわ。もう世界じゅうに、安全なところなど……逃げて隠れていられる安全なところなどありはしない。大丈夫よ、私のことは心配しないで。あいつは私を殺すことはできないわ。それに私を――レムスのように、傀儡の人形としてのっとってしまうこともできない。もうすでにそうしようとしたわ……でも、大丈夫だったわ。私、わかったの。私のこの能力は……予知者としての能力は、使いかたさえわかれば、魔道師のようにとはゆかなくても、ちゃんと、おのれの身を精神的な攻撃から守るためには使えるだけの精神的なパワーなのだわ。これまで私は一回として、そういうふうに自分の力を使おうとか、意識してみたことがなかった。でも、あいつが私の意識をのっとろうと画策したとき、私はわかったの。私にはパロの神々がついていると。——神々は私に、パロがキタイの奴隷になることをふせぐよう、お望みになっている。……そして私がそのためにたたかっていられるかぎり、たとえ敵の陣地のまっただなかにあろうとも、私は……私は大丈夫。肉体的な脅迫も、屈辱も、精神的な攻撃も何も私にはとどかない。大丈夫よ、ヴァレリウス。それより、あなたは、あのひとを守ってあげて。あのひとには……あのひとには、私の持っているこの力はないのよ」

「おお……」

このようなさいではあったが、ふしぎな感慨と、そして感動とにうたれて、ヴァレリウスは低くつぶやかずにはいられなかった。

「リンダさま——あなたは……あなたというかたは！」

「急いで、ヴァレリウス。ここにいてはあぶないのよ」

リンダは激しく云った。

「あいつはすべてを知っている。そして嘲笑っている……なぶってさえいる。どうやって、じりじりとナリスをおいつめ——手生けにしてやろうかと、楽しんでいる。ナリスとあなたのしていることはすべてあいつにはお見通しなんだわ。ずっと最初から、あいつには、何もかもがおのれの計画どおりにしかすすんでいなかったんだわ。なんとかして、ウラをかいて、ヴァレリウス。でないと、パロはもう、キタイの竜王の毒牙のあいだにのみこまれてしまおうとしている。たくらみは私たちが——ナリスがどれほどつよく予想していたよりもさえ、ずっと強く——そして奥深く、おそろしいものよ……」

ふいに、リンダはこおりついた。

「そのとおりだ。姫」

いんいんとひびく《あの声》が——

ヴァレリウスとリンダの脳髄にいきなり、灼熱する白い光のように襲いかかってきたのだ!

が、ヴァレリウスは予期していた。驚きはしなかった。彼はさっとまじない紐をつかむなり、おのれとリンダのまわりの結界を強化した。

「これは、健気らしいことを、灰色の目の魔道師よ」

恐しい声——

狭い室内に、ふいに、もやもやと黒い瘴気がたちこめた。と思ったとき、それは、気配もなく出現した、レムス——いや、それに合体した、キタイの竜王、ヤンダル・ゾッグのすがたとなった。

「おのれ……」

ヴァレリウスの魔道をおさめた目には、もはやすべては明瞭であった。たとえヤンダル・ゾッグが、人間のすがたをとっていようとも、そのうしろにたちのぼるオーラそのもののかたちをみるのが魔道師である。レムス、とみえていたものは、その背後に巨大な一匹の、竜頭人身の怪物をひそめた、むなしい傀儡であった。ヴァレリウスは、リンダをうしろにかばい、ヤーンの聖句をとなえた。

「あらわれたな。ヤンダル・ゾッグ！」

「われの名を呼ぶだけの勇気がお前にあるのは嬉しいことだ」

レムスの顔をした怪物――その口がかっと開き、そしていんいんとひびく声があざけるように答えた。

「いずれは、このようにして正面よりあいまみえるときがくると思っていたぞ、魔道師よ。――われの部下オーノを消してくれた礼も、われの周到にめぐらしたいくつかのたくみをさまたげてくれた礼も――お前には、たくさん礼をせねばならぬことがあるのでな」

「ヤンダル・ゾッグ！」

ヴァレリウスは激しくあいてをにらみすえた。

「パロはわたさぬ。われら魔道師ギルドあるかぎり、きさまらのような異教徒に愛する祖国パロを踏みにじることをゆるしてよいものか。パロから手をひけ――俺の生あるかぎり、パロを暗黒の闇王国になどさせはせぬ！」

「これはまた健気らしい」

ヤンダル・ゾッグが笑った。その目はふたつの暗い、底知れぬ空洞のようであった。

「だがこれは歴史の必然ではないのか？　もともとパロは魔道の王国――そして魔道とはどのみち、闇にすまうもの……光の魔道とはことばの矛盾だ。いずれは、魔道の王国として存在するかぎり、パロは歴史のなかで闇王国としての燦然たる暗黒の位置をしめてゆくこととなる――それはもう、あらかじめ暗黒の歴史のなかで、さだめられていたことだ。われはただ、そのさだめをさだめどおりにパロに導いてやるだけのことだ！」

「云うな、ヤンダル・ゾッグ」

ヴァレリウスは怒鳴った。

「お前など――お前など中原へのおぞましい侵略者、あつかましい侵入者にしかすぎぬ。パロは……闇の王国ではない。それは光の王国だ！」

「どうかな」

ヤンダル・ゾッグはいんいんとひびきわたる声で笑った。

「この惑星《ほし》のたそがれが、お前如き無力な虫けらのごとき下等魔道師の目に透視できずとも不思議はない……が、われには見える。われに見えるのは、ふしぎな暗黒の、だが美しい頽廃の闇の世界と化しはてたこの世界だ！　そしてそこにみちる、あやしい異世界よりの妖魅たちだ。この世界は、異世界の妖魅どもの支配するところとなり――人間どもは、それらに支配され、それらとまじわってあやしい混沌と堕落のなかにたそがれのさいごの帝国をきずく……それが、この惑星《ほし》にさだめられた末路だ！　そして、そのとき、はじめて……それは、われらの父祖の惑星、ここではない遠い異世界をうつした場所となり、そのときはじめてわれらは——神聖なインガルスの竜人族はこの惑星《ほし》の王者となるのだ！」

「インガルスの——竜人族だと——」

「そうだ。われわれの先祖ははるかあの星々の海をこえてきた——安住の地をもとめてではない。やむなく愛するもとの世界、ただひとつのふるさとを追われ、《調整者》と称するあの悪魔どもに追い立てられ、かりたてられてはるばると星の海を逃亡してきたのだ。……だがもうはやこの地を得た。この地こそはわれら竜人族の約束の地——ここを根拠として、われらは暗黒なる魔道の王国をうちたて……そして《調整者》どもとの長い、宿命的なたたかいにさいごの勝利を得るだろう。……お前たちも何も案ずることはない。お前たちの未熟で野蛮な文化には、それによってより高い、おのれだけでは想像もつかぬような高い文明への道がひらかれるのだ……お前たちは、あらたなステップにすすむ最初の人類の始祖となるだろう……」

「いうな、ヤンダル・ゾッグ」

ヴァレリウスはあえぎながら言い返した。

「われらの世界はわれらだけのものだ！　われらの歴史は——侵略者には決して屈することなどない。われらはお前たちを追い払ってみせる——パロからも、中原からも！　いや、キタイからも！　この世界はわれらのものだ！」

「なぜ、そう云い切れるのだ、魔道師。――この世界はもともと、人間だけのものでなどありはせなんだ。――もしそうだといいはるのなら、あの黄昏の国はなんだ？　あの、土地神ども、妖魔ども、妖魅どもはいったいどこからきて、どこへゆく？――人間どもこそ、何も知らぬ。おのれのすまうこの美しい惑星《ほし》についてさえ、何も知ってはおらぬ。無知蒙昧なさけない非力なやつらだ――あわれな虫けらどもめ。お前たちが知性と信じているものなど、虫けらのそれにひとしい。お前のその頼みにしておる魔道など、われの力の前には、ただの児戯にしかすぎぬようにだ！」

「ならば、なぜ、これまで中原にその毒牙をのばすことができなかったのだ。ヤンダル・ゾッグ」

ヴァレリウスは激しく叫んだ。

「お前はおのれが他の高名な魔道師たちとさえかけはなれた超絶的な存在のようにみせかけようとしている――だがそれは、俺にいわせれば、お前もまた、すでにこの世界の秩序のなかにくみこまれた存在にほかならぬ、何よりもの証拠だ！　もしお前がまことにそれほど、おのれのいうほどに超絶した存在だったら、このような手間をかけず、パロをも、世界をもまたたくまにおのれの支配下においていただろう。そうできぬからこそ、お前はレムス陛下にとりつき、その人格をあやつる、などというまわりくどい方法によってパロを征服しようとこころみたのだ……」

「だがそれももう、八分どおりなしとげられたのだ」

ヤンダル・ゾッグの目のあたりから、青い光が発し始めた。それは、顔の上半分を青くそめあげ、ほとんど見えなくしてしまった。ヴァレリウスはくちびるをかみ、手をかざしてそのまぶしさに耐えた。

「見ろ、魔道師。——お前にみせてやろうか……この世界のまことのすがたを。いや、それよりも……われがキタイにきずきあげた強力無比なるまことの神の王国を——そしてまた、あわれなお前たちのたたかいがどれほど無謀なものであるかを！」

「何だと！」

ヴァレリウスは叫んだ。そして激しく護符をまさぐり、ヤーンの聖句をとなえながら、バリヤーを強化しようとする——が、そのかれのきわめて強力なバリヤーをつらぬいて、まるで彼の脳を無理やりにこじあけるかのようにして、映像がつらぬいてきた。

「見ろ」

ヤンダル・ゾッグのぶきみな声がいんいんとひびきわたる。ヴァレリウスはうめいた。目のなかに白い闇がひろがり、脳にしのびこむ敵の力を感じる。からだが宙につかみあげられるように、大地からもぎはなされようとする——

「ヴァレリウス——！」

リンダの悲鳴をかすかに彼はきいた。

「リンダさま！」

ヴァレリウスは激しく心話を送り込んだ。

（まやかしです。すべてまやかしの術にすぎません！　動揺しないで——何もおこってはいません……幻影なんです！　私につかまって、私から手をはなさないで！）

（見ろ！）

ヤンダル・ゾッグのいんいんとひびきわたる叫びが脳をさしつらぬいた。

青い閃光が目を一瞬くらませた。ヴァレリウスはなんとかして意識を保っていようとしたが、どうすることもできなかった。彼のもっとも強力なバリヤーはあっけなく突破されていた。

4

(あああッ！)

ヴァレリウスは、おのれのからだが、舞上がり、はてしなく空中高くつかみあげられ――それからやにわに、目の下に異様な光景がひろがるのを見た。

(こ――これは……)

それは、まだ見ぬ、キタイの光景だった――そうであることが、ヴァレリウスにははっきりとわかった。

だが、それはもう――この地上にもともと存在したはずのどのような世界でもなかった。

それは、あらたに作り上げられた異次元――この惑星の上に、呪わしい力で作り上げられた異世界の光景にほかならなかった。

(こ、これは……！)

巨大な、真っ白な石づくりのピラミッド――四角錐がいくつも並んでいる。

ひとつひとつが、それこそ中原の小さな村をおおいつくしてしまうほどの大きさのある、おそろしく巨大な四角錐だ。それには、まったくつぎめなどないようにみえたが、これほど巨大な石などこの世界にそうそういくつもありうるわけはなかったのだから、それはやはり、きわめてぴったりとなめらかにみがきあげた小さな石——といってもひとつひとつが大変な巨石ではあっただろうが——をつなぎあわせてつくりあげられた、人工的な建造物でしかありえなかった。

その真っ白な四角錐の周囲もまた、白いなめらかな石畳がずっとしきつめられている。そしてそのあいだをぬうようにして、運河のような細いみぞが掘りめぐらされている。そのいくつもの四角錐があるのはかなり高くなったところで、そこにいたるには何百段という石の階段が四方からあがっている。

それは、なんとなく、巨大な祭壇、というような感じをあたえた。

(見ろ、ヴァレリウス)

ヤンダル・ゾッグの声が、あざわらうように、ヴァレリウスの脳裏でひびきわたり——はじめて、彼の名をよんだ。

(これが、われのなしとげたものだ！ われがたった十八年のあいだに作り上げた、みごとな成果だ！)

(………)

(これをおのれごときに見せてやるのは、おのれがいかにむなしいことをしているかを、いかにおろかしくかなわぬあいてにたちむかっているかを思い知らせてやるためだ。——見るがいい、ちっぽけな魔道師よ)

いくつもの四角錐がとりかこむ、まんなかのところは、ちょっと高くなっており、そしてそれはまったいらになっていた。その広場のようになった平場のまわりを、黒いつややかな高い墓石のような四角いひらたいものがとりかこんでいた。

（これが、回廊だ——これが、われわれに、ふるさとへの道をひらく……）

四角錐の頂上にはそれぞれに、奇妙な呪文とおぼしいものが彫られていた。そして、上からみおろすと、四角錐のそれぞれの頂上からとなりにむけて、青白い電流のようなものが走っているように感じられた。

その、白い巨大な建造物の周囲の階段——階段をおりると、そのさらに下はだだっぴろい広場のようになっていた。そこに、無数の人々がアリのようにうごめいていた。

かれらは、あるものは、ふとい綱をひっぱり、そのさきについた巨大な石を動かそうとうめきながらはたらいていた。上半身裸で、汗を流しながらその重労働に従事している人々のかたわらで、大勢の女たちが、頭につぼをのせ、そのなかにのせたいろいろな何につかうのかよくわからぬどろどろな液体を運んでいた。

その、使役される人間たちを見張っているのは、すべて、竜の頭をもつ巨大な兵士たちだった。かれらは手に、するどいトゲをうえこんだ鞭を持っており、疲れて動きがにぶるものや、たちどまろうとするもの、あるいは力つきて倒れるものを容赦なくその鞭でなぐりつけた。それでもあえて逃げ出そうとしたり、さからおうとするものには、たちまち、巨大な棍棒がふりおろされた。頭をたたきつぶされた奴隷たちが倒れると、その死体はただちに例の、四角錐のあいだをとおってこの広場へ流れだし、そこからさらに流れ出てゆくしだいにひろがってゆく溝のなかに投込まれて、そこに流れている水のなかをすごい勢いで流れていってしまうのだった。

さらにその周囲に、すべて白い石でつくられた、なんだかひどく見慣れたどんな国の都市とも似ても似つかない四角ばった建造物がひろがっていた。それは場所によっては空中の橋によって建物と建物がつながっており、全体がひとつの巨大なおそろしく複雑な構造物のようにもみえた。そのあちこちに高い細長い塔が建っている。その建造物のあちこちにも、同じように奴隷たちが竜の頭の兵士に見張られながら、重労働にかりたてられていた。

(どうだ、美しいだろう)

頭のなかで声がひびきわたる——

(まもなく、完成する——竜の都シーアンだぞ……お前は運がいい、灰色の目の魔道師よ。……この世のおろかしい、かぎりある命と知性をしかもたぬ人間どものなかで、このまたとなく美しい未来の帝都をその目で見る光栄に浴したのは、お前がはじめてなのだぞ。そのことをこの上もない名誉だと思うがいい)

(………)

ヴァレリウスはなかば茫然としながら、その光景にみとれた。それが、もはやあやかしでもまやかしでもないことはわかっていた。だがむろん、パロの都にいながらにしてはるかなるキタイの魔都を目のあたりにするという魔道自体が、ただならぬ魔王の魔力を示すものので

あるにはちがいなかったが。

だがその光景には、何か、きわめて非人間的でぞっとするものがあると同時に、ヴァレリウスのような人間の心を強烈にゆさぶるなにかがあった。――それは、かつて知らなかった異世界がこの世界のなかに、あくなき努力とおそろしい執念とによって作り上げられた、妄執の勝利でもあり、またこの竜頭の種族にとってはせつない望郷のついにこりかたまったかたちでさえあった。

人間たちはそこではまったくの奴隷、まるで牛馬のような下等な生物でしかなかった。竜頭の種族は容赦なく人間たちをかりたて、酷使し、鞭と棍棒と、そしてふしぎな力でもって大勢のキタイ人たちを追いつかっていた。なかのひとつの建物がいままさに工事がおわらんとしているさまをヴァレリウスは見た。さいごの工程がおわるせつな、竜人たちが、悲鳴をあげて逃げまどう若い女たちをその建物の前の広場に無雑作にならべて、まるで動物の首を切るように巨大な半月刀でその首を切り飛ばしてゆくすさまじい光景が展開された。女たちは首を切られ、まるでほふられる鶏のように、滝のように血を流しながらそこに倒れる。その首の切り口から流れ出た血は、そのままなめらかな白い石の床を流れて、両脇のみぞに流れこんでゆく。

（これは、きよめだ）

竜王のあやしいささやきがひびいた。

（きよめによって竜都ははじめて、魔力をもつ存在となる。暗黒の、小昏い生命を得ること

になる……お前にはわかるまい。この都は、生きているのだ)

(それは……それは、どういう意味だ……)

(お前にはわからぬさ)

ばかにしたように竜王はこたえた。

(お前にはわからぬ。かぎりあるいのちと知性をしかもたぬ人間にしかすぎぬのだからな。

——だが、ひとつだけ、云っておこう。この竜都はさいごに……ひとつの部品を得て、それによって完成する、ということだ。それは……それはカイサールの転送装置……)

(なんだと……)

(お前には所詮わかるまい……それが手に入ってはじめて竜都は心臓を得る……そのためにも、われには、《彼》が必要なのだ……いまとなっては、かの機械をこの世でただひとり自在にあやつるあの生き人形がな……)

(な……っ——!)

やにわに——

ヴァレリウスの、なかば麻痺していた脳のなかに、さながらすさまじい勢いで警鐘が鳴り響いた——かに思われた!

その、ヤンダル・ゾッグのことばが、ヴァレリウスにかぶせられたおそろしい圧倒的な呪縛をさえといてしまったというかのようだった。

(ナリスさま——!)

（ナ……）

いきなり、すべてが鳴動した。

ヴァレリウスは悲鳴をあげてまっさかさまにはてしなく失墜してゆく、おそろしい墜落の感覚を味わった。それから、ふいに、あたりがぐるぐるまわりながらあるべき位置に戻り――彼は、またもとの白亜の塔のただなかにいた。

「ヴァ――ヴァレリウス！　いまのは、いまのはなに！」

リンダがヴァレリウスの腕にしがみつきながら悲鳴をあげていた。

「リンダさまも……ごらんになった――？」

「あれが、わが都シーアンの八分通り完成しかけた光景のわずかな一部だ」

ヤンダル・ゾッグが竜の口をかっとひらいて嘲笑した。

「お前たちでは、あの美しい光景をみせてもその半分もそのまことの意味を知ることはできぬだろう。……お前たちの脳など、そのへんの虫のようなものだからな。だが……あるいはあの者ならば多少は理解するかもしれぬ。……そう、はてしない星々をこえて、いつかかえりつかねばならぬ故郷への望郷……」

「出てゆけ」

ヴァレリウスは護符をつかみとってさしつけた。ヤンダル・ゾッグのおそるべき魔道の前にそのようなものが何ほどの力があるとも思えなかったが、そうせずにはいられなかった。

「この世界から出てゆけ。ここはわれらの国だ！　お前たちのではない！」

（我々とてもまた、なにゆえに、いかなるえにしにさだめられてここに流罪になったのか、その運命のはては知らぬ）

ヤンダル・ゾッグの声がいんいんと脳のなかにひびきわたる。

（だが、われらは……故郷に戻るためには、この星の海をこえる手段を手に入れねばならぬ。——そしてそのためには……この中原を手にいれねばならぬのだ。……悪く思うな、おろかなる人間どもよ。……お前たちもまた、われらの支配をうけることにより、恐怖と暗黒とともに多くの富と蠱惑をもまたうけとるのだからな……）

「おのれ——！」

ヴァレリウスは一気に《閉じた空間》で塔のなかにひろげられたヤンダル・ゾッグの結界をつきぬけて飛ぼうとこころみた。だが、かなわなかった。ヴァレリウスの強力なエネルギーでも、それはまったく突き破ることができなかった。

「ヴァレリウス——！」

リンダの小さな悲鳴が遠くきこえた。

「ヴァレリウス、逃げて——！　あのひとを守って……！」

「リンダさま、必ずお助けに！」

言い捨ててふたたび、渾身の力をふりしぼって結界を破ろうとする。だが、こんどは、文字どおりヴァレリウスのからだは目にみえぬ力で床の上に叩きつけられた。相手のパワーは圧倒的だった。ヴァレリウスはうめきながら床の上に倒れた。

た。

「ヴァレリウス！」

「よいざまだな」

床の上に倒れた彼を、怪物が見下ろしていた――次の瞬間、もう、その顔は竜頭でもなければ、怪物じみてもいなかった。それはすでに見慣れたレムスの不機嫌そうな痩せた顔だった。

「衛兵！　衛兵！　何をしている。くせものが侵入したぞ。衛兵！」

「お……の……れ――！」

ヴァレリウスはうめいた。そして懸命に、魔道のエネルギーを集中しようと念をこめた。

ドアが開き、衛兵たちが剣をふりかざしてかけこんでくる。

「何をしている」

《レムス》が――それともその顔をした怪物がけわしくとがめた。

「お前たちの油断で、このようなくせものが侵入したぞ！　僕がたまたま入ってこなかったらまんまとリンダを連れ去られるところだったのだぞ」

衛兵たちは仰天して、刀をかまえたまますくんだ。

「いったい、ど、どこから……」

「こんなに厳重に警護された塔のなかへ……突然……」

「馬鹿者」

《レムス》は怒鳴りつけた。

「このマントがわからんのか。この男は魔道師だ。魔道をつかって潜入したんだ」

「でもこれは……このかたは宰相ヴァレリウス閣下……」

「何をいまさら」

《レムス》の目があざわらうように燃え上がった。リンダは、立ちすくんで両手を口にあて、必死に悲鳴をおしこらえている。

「ヴァレリウス、お前の謀反はすでにとっくにわかっていたぞ。お前とクリスタル大公とは、ゴーラ王イシュトヴァーンが殺害した軍師、アリストートスと通じ、パロをゴーラに売り渡そうとしていたな。とっくに、アリストートスがお前たちによしみを通じ、兵をかしてくれとたのみこんだ密書を持ってマルガに忍び込もうとしていた密使を国王騎士団の警護の兵がおさえ、拷問して白状させていたのだ。お前たちのもとに、ひそかにイシュトヴァーンが訪れ、パロをゴーラに売り渡す相談をしていたことをな。お前とクリスタル大公アルド・ナリスこそ、売国の裏切者だ」

「な……何……」

衛兵たちがなおも仰天して顔をみあわせた。リンダは無駄と知りつつ声をふりしぼった。

「お前たち、だまされないで！　この者は国王レムス陛下じゃないわ！　この者こそパロの敵なのよ！　こいつはレムスに化けて、この国を内側からのっとろうとしている魔王なのよ！」

「……」

「………」

だが――

それは衛兵たちにとっては、あまりにも意味をなさぬことばでしかなかった。

かれらは大公妃の正気を疑うかのように困惑したまなざしをかわしただけだった。そのなかには苦笑さえはらんでいた。

「どうやら、僕の勝ちだね、姉さん」

《レムス》はくっくっと耳ざわりな笑い声をたてた。

「これからあなたを――あなたとこの男を秘密の法廷にひきだしたとして、いったい誰が、あなたとこの男のいうことなど信じると思う？　パロ国王が国王でありながら国王ではない――僕はレムスであってレムスではない、なんていう狂人のたわごとを、信じるものがいると思う？　ばかだね、じっさい、姉さんは！」

「魔道師の塔は信じるわ！」

リンダは悲鳴のように叫んだ。ヴァレリウスは床の上に倒れたまま、じっと力をたくわえていた。

「魔道師ギルドはそんなに簡単にだませるものですか！　パロの誇る魔道師ギルドはお前がカル＝モルにとりつかれていたことだってちゃんと知ってたわ。私を姉さんなんて呼ばないで、けがらわしい！　お前なんか私の弟じゃないわ、そうであるものか！」

「おのれの謀反のたくらみがうまくゆかなくて、錯乱しているんだ」

《レムス》は衛兵たちにむかっていった。

「さあ、とにかく、彼女をこの室に残して、この反逆者を連れてゆけ。この男は魔道師だから、気をつけるんだ。そしてヤーンの塔の地下牢にこの重罪人を幽閉せよ。さばきは僕がみずから審問委員会を組織しておこなう——この男に、反逆にくみしていた者すべての名を吐かせなくてはならないからな。大公妃のほうは心配はいらぬ。交替した衛兵にもとどおり厳重に見張らせておけ。じっさい魔道師ともなると、これだけ厳重に見張っている塔のなかへでも簡単に侵入してしまう。魔道士たちの数もふやさなくてはならないな」

「か、かしこまりました、陛下」

衛兵たちはおとなしく復唱した。

「ヴァレリウス宰相を反逆の容疑でヤーンの塔の地下牢へ。かしこまりました」

「とんで火にいるとはこのことだったな、ヴァレリウス」

冷やかに、レムスが笑った。その目のなかに一瞬、あのおそるべき竜の金色の嘲笑がきらめいた。

「お前の知恵なるものがどれほどのものか、お前の魔力がどのくらいのものかやっとわかったか?——だがこの姉のいうことのほうはたしかにそのとおりだな。次に問題とすべきは魔道師の塔、魔道師ギルドだ」

(……それさえなくなればもう、パロはすべてわが制圧下といってもいいな。ククク)

途中から、おそろしい心話が流れ込んできた。

ヴァレリウスは何もいわなかった。ただ、じっと力をためていた——衛兵たちが、彼の前に槍を交差させ、彼の腕をひっつかんでたちあがらせたときにも。

(もう、観念したのか。よい覚悟だ)

あざけるようなヤンダル・ゾッグの心話がひびきわたる。

(案ずるな。お前の大切な姫君は殺したりはせぬさ。あの姫君には、キタイの皇后の正装をさせて、われのかたわらの玉座にすわらせてやったらさぞかし似合うのではないかと思っておるのだからな。……それに、かの機械にめぐらされた結界はきわめて強固で、さしものわれの魔力をもってしてさえうち破ることができぬ。——われには、何がなんでも、彼を手にいれることが必要だ。……が、もう、これで、彼のまわりには彼を守るものはない——それに、彼の大切に思うものすべてはこちらの手どりとなったわけだ。……もう、勝負はみえたも同じことだな、魔道師よ)

「……」

ヴァレリウスは何もいわず、おとなしく立ち上がって、衛兵たちにおされるままに歩きだした。

リンダが追いすがろうと悲鳴のような声をあげた——が、むなしく、衛兵たちにさえぎられた。

「やめて！　お前たち、私のいうことを信じて！　パロが滅びてしまうわ。この男はレムスなんかじゃないのよ！　レムスをのっとって食い殺してしまったのよ！　そうよ、レムスをよそおっているこの怪物こそが、パロを悪魔の王国にかえてしまおうとしているのよ――！　お願い、私のいうことを信じて、きいて！　誰か、ナリスに伝えて！　レムスはもうレムスでもなんでもない、ただの……ただの……」

（それ以上いうつもりか？）

ふいに、《レムス》が首をめぐらして、正面からリンダを見つめた。

衛兵たちには見えぬ、黄金の光がほとばしったとたん、リンダは気を失って床の上に倒れた。はっと衛兵たちが足をとめる。

「女官どもをよんで介抱させろ。それから、この塔の見張りは倍にふやし、魔道士も倍にふやす。もう決して誰とも、連絡をとらせてはならぬ」

レムスはひややかに言い捨てた。そして室を出、手づからしっかりと二重の錠をおろした。

ヴァレリウスはおとなしく、リンダの室から出、衛兵たちにひきたてられて歩いていた。

レムスはあざけるようにそのヴァレリウスを見た。

「これからゆっくりと時間をかけて、お前にすべての反逆にくみしたおろか者どもの名を白状させてやることにしよう」

目にぞっとするような満足げなきらめきをたたえて、彼はささやいた。

「パロに粛清の嵐が吹き荒れる。――そして、お前はその盟友たちの名をあかした裏切者となる。……お前の名は、一に愚かな反逆者として、二にその反逆者の裏切者として、永久に歴史に汚名をさらすことになるだろう。……そして、お前のその裏切りが、お前の最愛のあいながら、そのうしろにひそむものに気づいていながら、まだそのようなことをたくらんでそれが知られずにすむと思っていたとは」

「………」

ヴァレリウスは、何もいいかえさなかった。

「ヤーンの塔の地下牢の一番深い層に連れてゆき、壁に鎖でしっかりと手足をつないでおけ。それから、誰とも連絡をとれぬよう特に注意するように——くりかえすが、こやつは魔道師だからな。通常の罪人のつもりでつないでおくと、次の刹那もぬけのからということになるぞ。魔道士たちをよび、牢の周辺に何重にも結界をはらせろ。それから、次に僕が尋問のためにそこを訪れるまでこやつには、水も食物もあたえてはならぬ」

「は……」

「いいか、特に、魔道師ギルドからの波動が届いたら必ずただちに僕に伝えるよう、結界をはる魔道士たちにいうのだ。僕もすぐにゆくからな——必要な手はずをすませ、審問委員会を作りあげ、謀反の告発の手つづきをすませたらすぐ僕もヤーンの塔の地下におりる。——それからこやつのからだにつけているまじない道具は紐ひとすじにいたるまでとりあげておけ。何もつけさせておいてはならん」

「は」

「マントも服もはぎとって囚人の服でも着せておけ。よい魔道師なら、服のなかにもいくらでも魔道のための道具をぬいこめてあるものだからな。――では、すぐにゆくからな」

レムスは白亜の塔の入口までともにおりてゆくと、そこから主宮殿にむかう回廊のほうへひとりだけ、不吉な影のようにわかれていった。

衛兵たちにひったてられたまま、ヴァレリウスはまるでひかれてゆく羊のようにおとなしく歩いてゆく――

が。

それは、みせかけにすぎなかった。

ヴァレリウスはじっと全力をつくして、レムスの気配が去ってゆくのをうかがっていた。

（いまだ！）

レムスの影響圏を脱した――とみた刹那！

ヴァレリウスのうしろにねじあげられていた手は、なにごともなかったかのように、いきなりふりあげられた。その指のあいだからさらさらと黒っぽい粉がこぼれた。

「…………！」

「…………！」

声にならぬ叫びをあげて、衛兵たちがあっけなくそこに倒れてゆく。ヴァレリウスはものもいわず、ありったけの念をこめて飛ぼうと精神を集中した。

（ナリスさま――！）

そのからだが宙にまいあがり、もやもやととけてゆき――

が、つねのように、とけくずれてそのままあとかたもなく《閉じた空間》のなかに消えていってしまうことはできなかった。

「ワアアッ！」

いきなり、ヴァレリウスのからだが転移のなかばで実体化したかと思うと、彼は術が途中でいきなり中絶させられる苦痛に身をよじりながら空中で身をもがき、そのまま地面に激突した。魔道師にとっては、それはまるで、空をとんでいる最中につかまえて大地に叩きつけられるほどの衝撃だったのだ。

「ウ……ッ……」

ヴァレリウスはそのまま、なおも必死に起き直ろうともがいたが、それがさいごのあがきだった。そのまま彼は気を失ってくずれおちた。

ふっと、そこに倒れ伏した衛兵たちと、その上におおいかぶさるようにして叩きつけられたヴァレリウスを見下ろすように、空中に、金色の目をもつ顔があらわれた。

(愚か者め)

ヤンダル・ゾッグのあざわらう声がひびいた。

(まだ、おのれとわれの力の差に気づかぬのか。底知れぬ愚か者とはお前のことだな。魔道師)

だがその声はもう、ヴァレリウスにはとどかなかった。彼は意識を失っていた。

第四話　カリナエの嵐

1

「もはや、サイは投げられた――とみなくてはなるまい」

室内に、ナリスのかすれた声がしずかにひびいていった。

ひとびとは、ナリスの、かぼそい声をさまたげるまいと、息もつかずにその声に耳をかたむけている。その室につどうたひとびとは、この城のあるじランズベール侯リュイス、リュイスの腹心、ランズベール騎士団の大隊長ダルス、マイロン、サラン、ナリスにとっては育ての父聖騎士侯ルナン、その子飼いの聖騎士伯カルロス、リーズ、そしてナリスをカレニア王とあがめるカレニア衛兵隊の大隊長リュード、それにヴァラキアのヨナ、の九人であった。片隅に影のようにひかえているのは王室づき魔道師のギールと、そしてナリスが呼び戻したアルノーであった。肩を釣った白い包帯もいたいたしいカイはだが元気一杯で、ナリスのかたわらをかたときもはなれなずにあるじの用にそなえている。

「というよりも、もういくさははじまっている。……ここにはすでに、私は一時の避難をしたつもりはない。すでに、ここで籠城し、いつなんどきでも国王からの包囲攻撃があればそれに応戦するつもりだ」

「わかっております」

ランズベール侯は緊張したおももちでうなづいた。

「すでに、先日お話を頂戴し、いざというときにはまずナリスさまがわが城にお入りいただけるという有難いお話をうかがった直後にわが騎士団のおもだった隊長たちには事情をうちあけました。むろん隊長たちも私同様ナリスさまにすべての忠誠をささげております。みなためらわずナリスさまのためにいのちを捧げる決意をきかせてくれました。——それよりただちにわれらは籠城の用意に入り、気づかれぬよう可能な範囲でですが食料の備蓄もととのえ、武器も増加しておきました。人数にもよりますが、現在のランズベール城では、まず一千人以内の軍隊ならば、二カ月の籠城は充分に可能です——水は、この城はランズベール川を城内の一部にひきこんでありますから、ランズベール川を干上げるという無謀なことをせぬかぎり、水を断たれる心配はございません」

「それは私も知っている。ランズベール城はなかなか、籠城するには堅牢なところだね」

「もともと、何かパロに非常事態あった場合に、王家がたをお守りしてこもり、援軍をまつための砦でございますから」

ランズベール侯は得意そうにいった。

「現在のランズベール騎士団は総勢千四百人。——むろん、聖騎士団の総勢とはくらぶべくもございませんが、籠城すればそれほどの人数は必要ないもの、かえって、ちょうど手頃ではないかと存じます。……ほかに現在、塔と城内あわせて、働いておりますものが、およそ四百人ばかりおります。それらも、男はむろんいざとなれば戦いにも参加いたしましょう」

「だが、こういっては何だが、ランズベール城の最大の欠点は、クリスタル・パレスのなかにあり、あまりにも敵の本拠と近すぎる、ということだ」

ナリスはそっとカラム水でのどをしめしてから云った。

「窓をひらけば目のまえに聖王宮がみえるような距離だ。――パロ王家のもつ全兵力で包囲されたときには、とうていいかに籠城にむいた場所であろうと、とりこめられたと同じであるのはどうにもならぬ事実となる。また、もうひとつのおそれは、王家づきの魔道士たちが潜入した場合、ということだ。――ランズベール城はきわめて複雑な構成を持っているかなり広大な建物だけに、魔道士に攪乱された場合には弱い」

「はい、ナリスさま……」

ランズベール侯は認めるのが残念そうだった。

「それはもう……しかたないことで……やはり、ここは、パロ王室を外敵からお守りするための場所であって……聖王宮を仮想敵としたこともこれまであったためしがございませんから」

「当面、私がランズベール城に移動した、ということが、いつまで敵がた、つまり国王がたに知られずにすむかが、このののちの行動のわかれ道になる」

ナリスはそののどでできるかぎりつよい口調でいった。

「むろん、たぶんカリナエにも何人もの国王の間諜が送り込まれているだろう。それらからの通報があれば、ただちに知られてしまうとは考えているが、それが即日になるか、二日後になるか、五日後になるか、十日もつか、でずいぶんと違ってくる。——ひと月知られずにすむということはまずありえない。カリナエのようすは何かしらのかたちで、聖王宮に伝えられていようからな。……だが、私は日頃ずっと奥にたれこめて、めったにひとにあわぬようにしている。また、私の具合がよくない、という話を、主治医のモース博士を通じて流してもらえば、逆に私のいない私の寝室を厳重に警護させておいて、数日ならばそのみせかけはもつかもしれない」

「モース博士は大丈夫でしょうか」

ちょっと心配そうにリーズが云った。ルナンとは遠縁にあたるこの聖騎士伯は、最近に聖騎士伯に出世したばかりの、まだ二十三歳の若者だが、かなりレイピアの腕がたつ、として、将来を嘱望されている勇敢な戦士だ。するどい黒い目とひきしまった顔をもっている。

「それは心配ない。モースはもう長年私の面倒をみてきてくれて、情もうつっているし、国王とはもともと、あまり折り合いがよくない。何回も、私をマルガからカリナエへ戻すよう、懇願もしてくれたことでもあるしね。モースにはただちに私から使者を出してよろしくはからおう。——それでも、いかにモースが協力してくれたとしても、この偽装ももって三、四日と見たほうがいいのだろうな。だがそれまでにはこちらの準備がもうちょっとはととのうだろう」

「御意……」

「むろん私は——ここでこのまま袋小路にとりこめられたままになるつもりはない」

ナリスは云った。

「リュイスにはすまないが、ここはやはりいったんのしのぎにしかならぬと思わなくてはならぬ。——が、同時に、私の計画では、ランとヌヌスにとりまとめられたアムブラと、そしてロイスがひきいる護民騎士団とがクリスタル市内を攪乱し、反乱の火の手をあげ——そして、ルナンとリーズ、それにカルロスが同僚を説得してくれて聖騎士団の内部にこちらの味方をつくる——そして、それによってクリスタル市中が乱れたとき、ようすをみはからって、私はカレニアへうつる」

「はい」

カレニア衛兵隊長のリュードがおもてを紅潮させた。

「ただいま、カレニア騎士団は、あるじローリウス伯にひきいられ、すでにナリスさまをお迎えすべく編成をあらたに進軍の用意をととのえてごめ命をおまちしております。ナリスさまから、カレニアを反逆の拠点にというおそれおおいお話を頂戴して以来、ただちにカレニアは全地方をあげてその準備にうつり、カレニア義勇軍はすでに予想を数倍する七千人にまでふくれあがっております——むろん、その半分以上は、すでに兵役をしりぞいた老人やいまだ成人せぬ子供、また、たたかいの経験なき農民なども含めてのことではございますが。

そしてまた、おかげさまで勇猛この上なきとご評判いただくカレニア衛兵隊はすでに全軍、あらかじめそなえておりましたので、ただちにランズベール城に入城するも、またナリスさまをご警護してカレニアにむかうも可能であるよう、兵営で満を持しております」

「………」

ナリスは大きくうなづいた。

「いまとなってはカレニア衛兵隊は最大の私の希望だよ、リュード。――私の考えはこうだ。国王派の動きが予測できぬ以上、リンダとアドリアンをおさえられているわれわれは非常に慎重に行動しなくてはならないが、いずれにせよ五日のうちには私はクリスタルをいったんすててカレニアにうつる。みなはそれぞれにいったんランズベール城を出て、私がこれからいうとおりの準備をととのえ、それがととのいしだい私はランズベール騎士団に守られてクリスタルを出る。――むろんだが、その間に国王派の軍と交戦状態になる場合には、状態に応じて戦術をかえてゆくが。ともあれ、私がいったんでもクリスタルを捨ててしまえば、聖騎士団はすべて国王の命令にしたがうしかなくなる。そうなる前に少しでも多くの聖騎士団をこちらの味方につけたい。そして、カレニアに無事到着するにも当然、激しい追撃はあろうから、その間はずっと戦闘状態が続くものとみなさねばならぬ。同時に、私はカラヴィア公にはたらきかけ、アドリアンとリンダ救出の兵をおこしてくれるよう要請する。そしてまた、魔道師ギルドにも、パロの秩序とヤヌス十二神教の安寧のために力をかしてくれるよう依頼する。そしてまた」

ナリスはかすかな微笑をうかべた。

「諸外国にもはたらきかける。カレニアで私は正当なパロ聖王として王位復権をもとめるうったえを起こすつもりだ」

「アル・ジェニウス！」

ランズベール侯が感きわまったようにとなえると、皆が低く唱和した。

「アル・ジェニウス！」

だが、ナリスはかろく手をちょっと動かしてそれをとめた。

「有難う。だがいまはもっと現実的な対応に急ごう。——ギールが、どうやらリンダとアドリアンの消息とおぼしきものを手にいれてきてくれた。行方まではわからなかったが、リンダは、あの大嵐の日に、アドリアンを送って宮殿にいったところ、国王の近習からの使いがあり、なかば無理矢理に国王の居間へ連れてゆかれてそれきり戻っておらぬそうだ。アドリアンのほうは、そのあとリンダの消息を数人にたずねているが、そのまま、これも国王のお召しといわれて、聖王宮の奥に入り、そのままになっている。つまり、二人とも現在、完全に国王の虜囚として、パレス内部に幽閉されている、と考えていい」

「自分の姉上を監禁するとは、なんと乱暴な」

低く、リュイスが罵った。

「そのようなことをして、ただですむとでも……」

「むろん、国王にしてみると、反逆者、という名のもとにどのような方法でもとれる。が、これは私にしてみれば、むしろリンダとアドリアンの救出を求めて兵をおこす非常に必然的な理由にもなる。……ともあれ、時がうつる。ランズベール城に入ったことで、当面私の身柄は安全になったと考えてもらっていい。私の警護はリュイスとランズベール騎士団にまかせ、これから各人は私のいうとおりに早速動いてもらいたい」

「御意のままに、アル・ジェニウス」

「ルナンには、まだとりあえず私のかたわらをはなれないでいて欲しいので――リーズ、カルロス、聖騎士団のほうを頼んでよいかな。まず自分の配下の騎士団を動かして欲しい。ただちにランズベール城に入れるように。それから、戦乱勃発を告げて、これまで様子見をしていたどっちつかずの聖騎士たちをこちらにひきずりこんでほしいんだ。手段はどうでもかまわない。一人でも多くの聖騎士を、カリナエに集めたい」

「こころえております！」

二人の若い聖騎士伯はいさみたって答えた。

「なるべく多くの聖騎士を――ことに騎士団をたばねる聖騎士侯をわがほうにつけてくれることができればそれに所属する騎士たちも自動的に動くのが聖騎士団のしきたりだ。一人の聖騎士侯が動けばこちらにつく聖騎士は一気に五百人増え、一人の聖騎士伯を説得できれば一気に二百人味方が増える。――ただ、これはとても危険な任務だ。国王がたももう動きだしている。こちらに同情的だとみせかけてワナをはられ、逆に君たちがとらえられるようなことがあったら、すべてはおしまいだ。まだ、国王派は誰々がカリナエ派なのかすべて知ってはいない。一番知りたいのはまさにその点のはずだ。慎重の上にも慎重を期して」

「こころえております」

「オヴィディウスがああなったので、このあとあくまでも国王がたとして聖騎士をたばねそうなのはルナン、君のみたところ誰が残っているだろう？」

「ダルカン、ダーヴァルスが筆頭となるのはむろんですが、ダルカンはこのところ健康がすぐれず隠居を願い出ているような状況です。ダルカンは動きますまい、というより、動きたくても健康上の理由で戦場には立てぬでしょう」

ルナンは答えた。

「となると、ダーヴァルス……まだ若いがギリウスも最近は非常に聖騎士たちの信頼を得ております。若手のめぼしい聖騎士伯はいうまでもないがアウレリアス、タラント、マルティニアス、ルシウス、ミース――アウレリアスはまだ領地にひっこんだまま謹慎中ですので数にいれることはございますまい。おそらく……ベック公がおかえりになるまでは、パロに有事の場合国王より全権を与えられて聖騎士団をたばねるのは、ダーヴァルスということになりましょうか」

「ダーヴァルスは、頑固だったね……かなり」

ナリスは考えこむようにいった。

「ルナンの説得をならば受入れるだろうか？」

「無理だとは思いますが、ともかくやってみましょう。あと、ワリスもおりますがこれも領地のダーナムに」

「ワリスはもう、いそぎ領地を出発したという返事がきたよ」

ナリスはうなづいた。

「これはとりあえず手まわりの騎士二百ばかりをつれて、二、三日中にはクリスタルに到着する。聖騎士侯はそんなところかな」

「聖騎士伯たちを動かすにはやはり若いものどうし、リーズたちにさせたほうがいいかとも思いますが……どうだな、リーズ」

「タラント伯はアウレリア姫のことがあるので、少々、ナリスさまには含みをもっております、これは先日もお話したことですが」

リーズは肩をすくめた。

「マルティニアスは私とは懇意ですが、なぜ声をかけなかったかというと、ライアー男爵の令嬢を妻にしているからです。ライアー長官は職務上王党派たらざるを得ないでしょうし、そうなるとマルティニアスは駄目ですね。説得しても、たぶん無駄でしょう。この期に及んで一番可能性があるのはルシウスでしょうか」

「まあいい。それについての判断は君たちに一任するよ。それから、リュード」

「はい、ナリスさま!」

「このの動きにもよるが、カレニア衛兵隊二千人全員がランズベール城に入ってしまっては、籠城となったとき食料も武器もいくらももたない。また、カレニア衛兵隊は勇猛で、白兵戦でおおいに威力を発揮する兵士たちだ。籠城させて力をそぐのが惜しい。ランズベール城にもっとも近い――そうだな、ランズベール大橋の北に兵をあつめ、そこで私の命令を待機していてくれないか。むろん完全武装、第一級戦闘装備だ。そのまま籠城ならばランズベール城に入り合流する。もしも私がカレニアにただちに移動する場合には、私の護衛として、ランズベール騎士団もろともクリスタルを突破することになる」

「かしこまりました。ただちに」

「そしてギール」

「はい」

「これから私が書く書状を集められるかぎりの魔道師にもたせて、私の命じたところへ。すべて一刻を争うものだ」

「かしこまりました」

「私もその伝令をいたしたほうがよろしゅうございましょうか」

うっそりとアルノーがいった。ナリスは首をふった。

「お前に戻ってきてもらったのは別の用があってだ。ちょっと、待っていてくれ。では、リュイス、私の身柄はランズベール騎士団が守ってくれていると信頼して、私はただちに書状を書く作業にうつります」

「お任せ下さい」

ランズベール侯はたかぶったようすでいった。

「ご不自由のないように設備はととのってはおりますが——何かないものがありましたらなんでもすぐお申し付け下さい。すぐにととのえます。アル・ジェニウス」

「大丈夫」

ナリスは微笑した。それからふと気づいたようにカイをみた。

「おお、カイは怪我しているのだったね。では、ギール、君がカイのかわりに私の秘書をつとめて口述筆記をしてくれるかな」

「かしこまりました」

「それでは、すぐに」

ひとびとの動きは、あわただしくなった。

皆がばたばたと出てゆく。ナリスはそれにかまわず、カイに命じて用意をととのえさせた。ひとばらいをし、ギールとカイ、それにひっそりと片隅にすわっているヨナだけを残して、手早く命令を下してゆく。

「——もどかしい」

いかにもてきぱきと命令を下してゆくあいまに、ふいにナリスの口から、思わず洩れてしまったとでもいうような、吐息のような声がもれた。

「は？　何かおっしゃいましたか、ナリスさま」

カイが手をとめて見上げる。ナリスはふっと深い吐息をもらした。

「何でもない。——もどかしい、といったんだよ。いや……みなそれなりによくやってくれる。それに……そんなことをいっては申し訳ない。みんな、私のことばをきいて、いのちをかけた反乱のくわだてにその身を投じてくれたのだ。だが、どうしても考えずにはいられない——このようなとき、私のからだがまともに動きさえすれば、どれほど楽だっただろう……どれほど、私はおのれの武勇や戦術をたのみにすることが出来——つまりはこの反乱にさいして、もうひとり、アルド・ナリスという有力な人望ある武将がいると考えることができただろうということをね。つまらぬことをいって時間をつぶしてしまった。さあ、次だ。これは、被災者の救援活動でアムブラにいるはずのロイスのもとへ……それにしてもあの嵐もずいぶんといやなタイミングでおこったものだね」

「まったくでございます」

「それがなければ、アムブラも護民騎士団ももうちょっと楽に連絡がとれたはずだが、それもいってもしかたがない。——それにしても」

ふいに、ナリスは気がかりそうに眉をよせた。

「ヴァレリウスはどうしたのだろう。ばかに遅い……連絡だけでもとってくるはずなのだが」

「心話をさきほどから送り込んでおりますが、何もひっかかってまいりません」

アルノーがいった。

「ヴァレリウス魔道師——失礼いたしました、ヴァレリウス宰相はパロ魔道師ギルドとしては非常につよい力の持主ですから、このようにして連絡がとれなくなるというのは……かなり気になります。どこにいても、意識があれば、あれだけつよい力をもつ魔道師なら、そのパワーの存在はわれらには感じ取れるのが魔道師どうしというものなのですが」

「ということは、ヴァレリウスが、意識を失った状態にあるということ？」

「のようにも思われます。さもなければ、非常につよい結界を張っているか……べつの結界の近くにあって、応答すればなにものか、おそれているあいてに気づかれてしまうゆえに応答できない状態にあるか……いずれにせよ……」

「いずれにせよ、あまりかんばしくない状態にあるかもしれないということだな。リンダとアドリアンのことについて、宮廷ではとりざたしていたようだったか、ギール――それとも、それについては緘口令がしかれているようだったか、それともみな何も知らぬうちに極秘裡にことがすすんでいるようだったか」

「私の観察したかぎりでは、宮廷の宮臣、貴婦人たちには何も知らされていないように思われました」

「――この手紙はギルド長のケルバヌスへ頼む」

ナリスは一瞬考えたが、またすぐに首をかるくふって指示した。

「かしこまりました。ギルド連盟長ケルバヌスどのへ」

「それから、これを」

ナリスの目がするどく細くなった。

「スカールどのへ、さきの手紙につづいて極力すみやかに。これがもっとも重要だ。きわめて確実に、もっとも早くつくように方法を選んでほしい」

「かしこまりました。これは私がみずから参ります」

ギールは手紙をしっかりとしまいこんだ。

「二、三日ご不自由をおかけするかもしれませんが、私のかわりをおつとめしますよう、一級魔道師のタウロというものを残してまいります」

「そのタウロが、名前どおり敏捷であってくれれば助かるのだけれどもね」

ナリスはかすかに笑っていった。そして、すぐに出発するようにギールにうながした。

ギールが頭をさげて出てゆく。それを見送って、ナリスはアルノーにふりかえった。

「やっとお前と話ができる。あちらの情勢はどうだ」

「あのかたはサイデン宰相を殺害し、アムネリス大公を幽閉しました」

アルノーはうっそりと答えた。

「何よりも危険なことがひとつ——カメロン将軍は、イシュトヴァーン王がカメロン将軍に対してこれまでと違った態度をみせたと考え、かなりいっときは態度を硬化させました。……いっときはあわやカメロン将軍が、おのれの精鋭ドライドン部隊をひきいて、トーラスをはなれるのではないか、と私がおそれたほどでした」

「カメロンを怒らせた」

ナリスは眉をよせた。

「たしかカメロン将軍は、イシュトヴァーンに対しては、無批判に受入れる態度をとっていたと思ったが――いったい何があったの？」

「イシュトヴァーン王が、カメロン将軍に――これはおそらく、非常事態の直後の気持のたかぶりのためとは存じますが、臣下の礼をとることを強制したのです。カメロン将軍は非常にかっとしたようすで、そのあとしばらく、イシュトヴァーン王にたいし、一切うちとけた口調や態度をとらず、きわめて格式ばった態度で接していました。いまでは、気持がほどけたようで一応もとどおりになっておりますが」

「ふむ。イシュトヴァーンはどうしたの。それには気づいていないのか、それとも気づいていても気にとめてもいないのか」

「ひとさまの寝室をのぞき見するのは魔道師の間諜といえどもあまりいい趣味とは申せませんが……」

アルノーはつぶやくようにいった。

「イシュトヴァーン王は、カメロン将軍を誘惑しようところみました。――その、どこまで本気だったかはわかりませんが、ともにベッドに入るよう、誘ったのです。そのときのようすでは、カメロン将軍とは、あきらかに以前なにかあったようすでしたが……カメロン将軍はそれをすげなくことわりました。が、そのあとはかなり態度が軟化したので、イシュトヴァーン王のほうもほっとしたようすでした」

「……」

ナリスは苦笑した。

「まあ、そういう生き方もあるんだろうね」

ナリスは肩をすくめて云った。

「それは私の関与する問題じゃないな。イシュトヴァーンに対しても、カメロンに対しても。

――あれはさぞかし綺麗な少年だったんだろうし……そのくらいのことがなくては、国も家も提督の地位も捨ててはこないかもしれない。それで？」

「いまのところは、それだけです。まだ、イシュトヴァーン王はモンゴールを誰にあずけるか決めかねているので、トーラスをはなれてアルセイスにかえりたいと熱望しているのですが、そうすることができずにおります。そのせいでかなりイシュトヴァーン王は荒れています。……が、カメロン将軍をモンゴール総督としておいてゆくのは――たぶんカメロン将軍とはなれればなれになるのが不安なのかもしれません。いまのところ、イシュトヴァーン王のまわりには、頼れる武将というのは、自分のほかにはカメロン将軍だけですから」

2

「ふむ……」

ナリスは考えこむようにいった。

「いい時期ではないね――援軍を要請するには。しかもこんな切迫した援軍を」

「さようです。だがまた、かえってよいきっかけをあたえることになるかもしれないとも申せます。……イシュトヴァーン王は、本当はトーラスをもう見捨てたい気持だと思います。何回かカメロン将軍にむかって、アムネリス大公以下のモンゴールのおもだった重臣たちを全員、処刑してしまってモンゴールをはなれることを提案していますが、そのたびにカメロン将軍に一蹴されています」

「それはまたずいぶんとぶっそうなことを考えるひとだ。……もっともそれはいい方法かもしれない」

ナリスの口もとにかすかな冷酷な微笑がほころびた。

「私なら、やるだろうな。もっとも私なら全員を病死させることになるだろうが。まあ、ともかく、情勢はわかった。では、もういちど、御苦労だがただちにトーラスへとんでくれ。

そして、これからいう手紙をイシュトヴァーンに——必ず、イシュトヴァーンに直接ね」

「心得ております」

「お前の迅速さにすべての勝敗と運命の帰趨がかかっているかもしれないと思ってくれるね。アルノー」

「肝に銘じております」

「では、いって。——必要な内容はすべてその手紙に書いてあるから、決してそれを誰かにとられたりせぬように。万一にも国王派の魔道師とたたかいになって、やぶれることがあったら……」

「そのときには、私ごと、この密書を消滅させます」

アルノーはいった。そしてそのまま、ふいと壁にとけこむようにすがたを消してしまった。カイはそれを見送った。ヨナは、じっと、片隅にいるかいないかわからぬほどしずかにすわっていた。

「さあ、これで一応のところは手配がすんだといっていいのだろうか。——カラヴィアにも、サラミスにも……カレニアにも、そしてジェニュアにも……魔道師ギルドも一応すんだはずだね」

「はい、ナリスさま、お疲れでは？」

「もう、そんなことはいっていられなくなったんだよ、カイ」

ナリスは、かなり疲れたようすだったが、カイにほほえみかけた。

「おみ足をおさすりいたしましょうか」

「まだいいよ……もうひとつ、とても肝心な密談が……残っているんだ。カイ、すまないが、人払いを」

「は……？」

おどろいて、カイはあるじを見た。それこそ影の分身のようによりそっている自分のことは、夢にも思わなかったのだ。ナリスは苦笑した。

「すまない、カイ。おもてに出ていてくれないか。これからする密談が秘密中の秘密のものなんだよ。カイ、誰にもきかれぬよう、見張っていてくれ」

「……かしこまりました」

カイはちょっと不満そうだったが、そのまま頭をさげて出ていった。

室内にはついに、ヨナと、そして車椅子のナリスだけが残された。ナリスはあやしく輝く目でじっとヨナを観察した。

ほっそりと痩せた黒髪と黒い目の若者である。若者——文字どおり、まだ二十歳をいくつか出たばかりのはずだが、そのわりに、老成した面差しをしている。これほど痩せていなければ、かなり端正な顔だちのはずだが、頰がこけ、肉らしいものがひとかけらもついていないのが惜しいようだ。髪の毛はきちんとそろえてうしろにたばねているが、肩のあたりまではとどく。

「ヨナ」

ナリスはゆっくりといった。

「誰にもきかれてはならぬ話だ。——もっと、そばにおいで」

「はい、ナリスさま」

「もっと、そばに。……そう、私のすぐそばまできておくれ。そして、私の手をとって。——私も、ちょっとだけなら、あの接触による心話というのをマスターしたからね。ヴァレリウスに教えてもらったので」

「はい、ナリスさま」

「ヴァレリウスといえば……」

ナリスの眉が曇った。

「無事でいればいいが。めったに彼をどうにかできるものがいるとは思えないが、今回は相手が相手だし……まあいい、ともかくはまずはこのことだ。さあ、ヨナ……私のいうことをよくきいてくれないか。もう、あまりに重大なので、ただいちどしか私は云わないからね」

「はい、ナリスさま」

「すべてを、心にだけきざみつけてほしいのだ。——いいね。では、よくきいておくれ、ヨナ」

＊

ナリスが、そうして、ランズベール城のなかでその不自由なからだでできうるかぎりのいくさの準備をくりひろげ——そして、かれらは知るよしとてもあるわけもなかったが、ヴァレリウスが白亜の塔のなかで、おそるべき真の敵と遭遇するにいたっていた、そのわずかのちであった——まだ、ようやく夜があけるか明けぬか、という、クリスタルの都でも朝の遅い貴族たちの邸はひっそりと眠りこんでいて、ようよう朝の早い商売家のものだけが眠そうな目をこすりながら起きだそうかという、あたりのやっとしらみはじめたころあいである。

「こんなとんでもない時間に、何のご用があるというです。あなたがたはいったい何なんです。無礼な」

カリナエの、美しい庭園をかかえこんだ玄関口でも、ちょっとしたもめごとがおこっていた。

「何とはそちらこそ無礼であろう。ごらんになればおわかりのとおり、それがしは近衛騎士団第三大隊長ローラン子爵、国王陛下の勅命により重大なる任務によってまかりこした。——ご勅命なれば時間の非常識はお許し願おう。そのほうごとき身分いやしき女官では話がわからぬ。もっと、身分が上のものを呼ばれたい」

「ぶ、無礼な……」

「さがっておいでなさい。ルナ」

うしろからするどい声をかけて、あらわれたのは、髪の毛をうしろにきっちりとひっつめてヴェールをかけ、ふっくらとした陶器の人形のようなバラ色の頰と海のように青い目の、小柄でふくよかで朗らかなカリナエの女官長、デビ・アニミアであった。リンダについてカリナエに移ってきて以来、カリナエにとっては《お袋さん》とでもいった存在である。ことに若夫婦があの奇禍でずっとマルガでの生活を余儀なくさせられているあいだには、彼女と家令のガウス、そして執事長のダンカンが全権をあずかってカリナエをしっかりと守ってきたのだ。

「なにごとです。騒々しい」

「あなたは？」

「わたくしは、カリナエの奥をおあずかりするデビ・アニミアです。何用あってのこのような早朝——いいえ、まだ朝もあけやらぬ非常識な時間のおこしですか」

「そのご無礼は、国王陛下よりのご勅命ということでお許し願いたい」

近衛隊長のローラン子爵は一応態度をあらためた。

「それがしは近衛騎士団にて第三大隊を陛下よりお預りするローラン子爵、カリナエにも何回かは舞踏会などでうかがわせていただいております。本日は、残念ながら火急のご命令により、ただちにクリスタル大公アルド・ナリス殿下にお目通りねがいたく参上いたしました」

「なんですって。こんな時間に」

デビ・アニミアの海のように青い目がまん丸くなった。

「国王陛下のご命令で、ナリスさまにお目通りを……いったい、それは、どういうことなんです」

「詳細は殿下にお目通り願っての上で申上げます。これも勅命であります。――ナリス殿下のご寝室に御案内を願いたい」

「何ですって」

こんどこそ、さしも温厚なデビ・アニミアもまなじりをつりあげた。

「子爵様、それはいかに国王陛下のお申し付けとはおっしゃりながら、あんまりご無体なご命令ではございませんの。いやしくもカリナエのご主人アルド・ナリスさまはクリスタル大公にしてもとのパロの摂政宰相、王姉リンダ殿下のご主人にして、国王陛下の血をわけたおいとこにして義兄上……それだけの貴いご身分の、奥方さまを別にすれば最大の王族であられるおかたに、いかに国王さまのご命令とはいえ、いきなり『ご寝室に御案内を願いたい』とは、そりゃないんじゃございませんか」

「デビ、これはご命令なのです」

ローラン子爵はきびしいようすでくりかえした。

「ご命令にそむくといわれるのなら、不本意ではありますがそれがしはデビにもお縄をかけさせていただかねばなりません。火急の事態です。ご無礼はもとより承知です。大公殿下のご寝間に話を通じていただきましょう」

「なん……ですって……」

デビ・アニミアは卒倒しかけた。そのうしろから、飛出してきた、家令のガウスが、いそいでその肩をささえた。

「私はアルシス王家に先祖代々お仕え申上げ、ただいまは不自由なるあるじにかわりましてカリナエ宮殿の切り盛りをお預りしております、ガウスというものでございます」

ガウスはもう六十歳をとおくすぎた、立派な顔立ちの老人である。この時刻だというのにもうきちんとお仕着せを身にまとい、一糸の乱れもなかった。

「ご存じとは思いますが、わが主人アルド・ナリスは、身体不自由、また生来病弱に加え、このところとみに奇禍多く体調を崩すことときわめて多うございましたので、ほとんど床について療養の日々を送っております。このカリナエにようよう戻って参りましたのも、マルガにて暗殺者の毒薬に傷つけられたためのこと——普通人と同様にお考えいただくのは少々困ります。お伝えすべき筋あれば、ただちに私のほうから主人にお伝え申上げましょう。だが、主人の大切なる睡眠時間をさまたげることは、われらカリナエの忠誠なるものたちにはいたしかねます。どうぞ、ご容赦願います。国王陛下には、わたくしガウスがご命令遂行の邪魔だてをしたとご報告を願わしゅう存じます。これは、むろん私の一存にていたしますことで、主人はただいま就寝中にて、むろんこのおこしの旨はお伝え申上げておりませぬ。わが主人は体調ことのほかあしく、毎日平均ルアーの三点鐘まで床についておりますのを習慣にいたしております。どうぞ、おひきとりを願います」

「ガウスどの」

ローラン子爵は眉をしかめた。彼はまだ若く、なかなか貴族的でハンサムな顔をしていたので、しかめつらをすると妙に困惑したようすにみえた。

「それがしもむろんクリスタル大公殿下のご病状のこともよく存じ上げております。それに、大公殿下のたてつづいてあわれた奇禍については、この上もないご同情をよせるものであります。だが、ご理解いただきたい、カリナエの方々。それがしが本日このような時間に参ったのは、陛下の勅令を施行するためでしかないのです。失礼ながら、ご抗議あらば陛下にじきじきにお願い致したい。それがしはともかく、陛下のご命令をうけたまわり、それを遂行するほかはございませぬ」

「子爵さま」

デビ・アニミアはおろおろしながら叫んだ。

「いったい、なんでまた、そのようなご命令が——なんで、陛下は、こんな時間にナリスさまの寝室まで入ってナリスさまに会えなどと子爵さまにお命じになったので」

「………」

ローラン子爵はくちびるをむすびしめて答えなかった。デビ・アニミアがおろおろとあたりを見回したときだった。また、奥に通じる扉があいて、あらわれたのは執事長のダンカンだった。これはガウスよりはちょっと若かったが、これもかなりの年配の鶴のように痩せた男で、これまたカリナエはえぬきの家臣であった。

「ナリスさまより、カリナエをお預りいたしております。ダンカンと申す者でございます」

ダンカンは落ち着いて名乗った。すでに、玄関の、広いフロアには、なにごとかとあわただしく起きだしてきた女官たちや、ナリスの身辺を護衛する大公騎士団の当直の騎士たち、

それに小姓たちなどが、おどろいて集まりはじめていた。ダンカンのうしろに、背の高いハンサムな騎士とやや小柄だが聡明そうなきびしい目をもつ騎士が二人、あゆみよった。かれらはすでにきちんと武装しており、腰の剣はいつでも鞘走れるばかりに威嚇的に吊られていた。

「クリスタル大公殿下のご身辺の警護をうけたまわっております、近習長のルースであります」

「本日の当直の隊長をいたしております、クリスタル騎士団第二大隊長、リヌスであります」

「わたくしは、侍従長のライヌスと申します」

「これは、かたがた、ものものしくお揃いになられたが」

困惑したようにローランはいった。

「しかし、ことは国王陛下のご命令でありますし、それに公然と拒否されるとなれば、私の時点ではことはすまぬ。あらためて、執行手続きを持って参るほかはなくなりますが、そうなってからだとさらに皆様、お困りになりましょうぞ」

「ローラン隊長どの」

ダンカンはおだやかななかにも、挺でも動かぬものをみせて云った。

「そのお叱り、または罰はどのようなものであれこの爺がお受けいたすでございましょう。ナリスさまは何もご存じありませぬ。陛下のご命令にそむいたのは、ナリスさまではなく、このじじいということになりますからな。が、おやすみ中のナリスさまにお会わせすることは、たとえ陛下ご当人といえどもこのカリナエではかないませぬ。ジェニュア大司教であろうと、たとえ王妃陛下であろうと、ナリスさまのお目ざめまでおまちいただきます。それしか、われらカリナエの者には、申上げる言葉はございませぬ」

「それでは、お目ざめまで待たせていただくと申したら？」

ローランが手きびしく云った。デビ・アニミアがちょっとうろたえたように目をさまよわせたが、ガウスのきびしい目くばせをうけて、あわてて目をふせる。

「よろしゅうございましょう」

ダンカンはきっぱりといった。

「だが、お目ざめあるまでは、何があろうとも、お会わせはできませんぞ。また、お目がさめられても、ナリスさまのお加減が思わしくなければ――それに、ナリスさまは、あのようなおからだですから、お目ざめになってただちに動きだしはなされませぬ。すぐに起きだしたりなされば、ご気分が悪くなって卒倒なさいます。ゆっくりと、小姓どもがおからだをもみほぐして血行をよくしてさしあげ、ご入浴なさってひとごこちをつけ、お食事をなさってそのための貧血がなおるのをおまちになって、午後の、さよう、遅い時間になればお客様とおあいになることもお出来になりましょうかと――お加減がことのほかおよろしければ、のお話ですが」

「ダンカンどの」

ローランは怒った。

「貴公、それがしを愚弄しておられるのか」

「とんでもなきこと」

ダンカンはあくまでもおだやかにいう。

「カリナエには、カリナエの気風もあれば、しきたりもございますだけのこと。たとえ、パレスの地つづきにあろうと、ここはカリナエ、この小宮殿のなかでは、ただクリスタル大公アルド・ナリスさまだけがただおひとりの神にもひとしい絶対のあるじ、そのほかにはどなたのご命令といえど、カリナエの者たちには通じはいたしませぬということで」

「ダンカンどの、ことばにお気をつけられよ。それは、ききようによっては、国王陛下に対する謀反とさえとれますぞ」

「そのようにおとりになるは、おとりになるかたのひがめ」

ダンカンはおだやかだったが一歩もひかなかった。リヌス隊長も、近習のルースも、侍従のライヌスも、ダンカンのうしろにまるで守るかのようにぴたりとよりそってじっとローランをにらみかえしている。

「わたくしどもは忠誠なるパロの国民、クリスタルの市民でございます。だがわれらはカリナエの民、ナリスさまにはいのちをかけた忠誠を捧げているものばかり――万一にも、このような時間、ナリスさまにとっては深夜としか申せぬお時間に無理にお起こしして、おからだの弱いナリスさまがお熱を出され、おからだにさわるようなことがあったら、どのように責任をおとりになられますか。ナリスさまはパロにとっても大事の第二王位継承権者、国王さまなればこそ、もっとそのことをわきまえていただかねば王者としての気くばりにかけようかと申すものでございますぞ」

「めったなことをいわれぬことだ、ダンカンどの」

ローランはおもてをけわしくひきしめた。

「そうでなくとも、とかくの風聞のたえぬカリナエのこと——が……どうやら、押問答していても時間の無駄のようだな」

ローランはふいに気持をかえたようにみえた。

「よろしい。いったん、それがしは宮廷に戻って、この旨をご報告申上げる。ありのまま、おこったとおりに申上げるが、よろしいであろうな」

「カリナエの執事のダンカンと申すおいぼれが、ものわかりが悪く、いかに陛下の急用と申立てても、ご主人様におとりつぎしようとしなかった。そのとおり、おおせられて、結構でございます。まさにそのとおりでございますゆえ」

「…………」

ローランは敗北した。くやしげに顔をゆがめ、捨て台詞を吐きすててそのまま足音荒く出てゆく。

「これですんだと思われぬことだな。陛下のご命令に門前払いをくわせて、そのままただですむとでも思うのなら、それは間違いだぞ、ダンカンどの」

うしろに、近衛兵たちが続いた。荒々しい音でドアがしまった。

「なんて、あらけない音を」

デビ・アニミアが不平の声をあげた。

「それこそ、カリナエじゅうが目をさましてしまいそうじゃありませんか」

「アニミア」

ダンカンはきびしい表情で、アニミアと、そしてガウスたちをさしまねいた。

「ナリスさまのご予想のうちにも、このような事態がないことはなかったが、それにしても、ナリスさまが思っておられたより、だいぶん早いようだ。これは、いよいよ、次にはカリナエに、ナリスさまを腕づくでひったててゆこうとする一連隊がおしかけてくる、とみなくてはなるまい」

「なんてこと」

アニミアは思わずヤーンの印を切った。

「昨日、ナリスさまがカリナエのものみなをお集めになっておっしゃられたあのおことば」

ダンカンは低く、

「われらもそれに忠誠と――この一命をお捧げ申上げますと申上げたこと、お忘れのものはあるまい。――だが、どうしよう。こののち、もし、近衛騎士団の連隊が力づくでもナリスさまにご面会をと申立ててくれば、ナリスさまがご予想になったよりかなり早く、ナリスさまの脱出が知られてしまう。といって、ここで抗戦すれば……いのちをすてるのは惜しみはせぬが、ナリスさまに不本意なかたちでことが勃発してしまうのは……」

「ともかく、あなたは、女官たちとスニをひきいて、カリナエを出ることだ、アニミア」

ガウスが云った。アニミアはとんでもないという顔をした。

「何をおっしゃいますか！　私はリンダさまから、このカリナエの後宮、女宮をお預りする……」

「いや、いくさになったら女子供はかえって邪魔」

リヌスがきびしい顔でいう。

「いま、ナリスさまが、クリスタル騎士団もカレニア衛兵隊も、大公騎士団も主力はほとんどひきいてあちらにうつっておられるゆえ、カリナエに残るお留守部隊は、小姓組まですべてあつめても、およそ四百ほどだけ――女性のかたたちは、いまガウスどのがおっしゃったようにただちにカリナエをおちのびていただきたい」

「いやですよ」

断固としてアニミアはいった。

「スニと女官たちはそれでは、どなたかにおまかせしておちのびてもらいましょう。スニについては、私もリンダさまにおあずかりした責任がありますからねえ。でも、私は、残りますよ。私はリンダさまにカリナエの女宮をお預りした総責任者です。私がおちのびたらリンダさまに申し開きのできようわけがない」

「無茶をいわれるな、アニミア。万一のことがあったらそれこそリンダさまにわれわれがど

「時がうつる」

じれったげにライヌスがいった。

「もう、こうなることもナリスさまはすべて予想されておられたし、それがただ、ナリスさまの予想より数日早かったというだけのことだ。いまさら、われらの覚悟はさだまっている。――お留守番組になったときからもうさだまっていることだ。われらはこの美しいカリナエを守って死にましょう。ここに一歩でも、国王軍などいれはせぬ。そうでしょう、ダンカンどの、ガウスどの」

「それはもう」

ダンカンは深くうなづいた。

「もう、ナリスさまにも、お出かけになるときに、永のおいとまになるやもしれませぬ、と申上げて、お別れは申上げてある。どのみちわしは年寄り、惜しむいのちでもない」

「ダンカン……」

ひとびとのあいだに、沈黙がおちた。

3

「ただ、リヌスどの」

ダンカンは続けた。

「われらがここでカリナエをお守りするのはともかく、騎士団のかたがたは、ひとりでも多くナリスさまをお守りし、ナリスさまの勝利のためにおいのちをつかっていただきたい。ここでむなしくカリナエを守るためにいのちをおとすのは、無駄死にというものだ。いっそ、これはナリスさまのご命令にそむくことになってしまうが、アニミアたちを護衛して、おぬしたちも全員おちのびてくれはせぬかな。カリナエには、われら老人だけが残っていれば充分だ」

「それは、よいお考え」

ガウスが笑った。

「ナリスさまはあのようにお情深いおかたゆえ、通常とまったくかわらぬ生活を送っているようにできるかぎりみせかけよ——そして、もし万一、国王の手の者が強引にそれを突破したら、すぐに降伏し、カリナエをあけわたせ、と申しおいておいでであったが、わしもはなから、大事な——というよりも、ずっとそこだけを守って生きてきた美しいカリナエを、国王騎士団などの泥靴にふみにじらせるつもりはなかった。そうであろう、ダンカンどのも」

「そのとおりだ。——どうだ、リヌス、おぬしたちの命、むだづかいせずと、いますぐおぬしたちもランズベール城に合流してはくれぬかな」

「それは……確かに、それがしも……」

「いまナリスさまは、ひとりでも多くの騎士がお入用なはずだ」

「でも、私は残りますよ」

強情に、デビ・アニミアがいった。

「女子供は、逆にいまナリスさまに合流したらご迷惑をかけることになる。だれかにあずけて、そっとクリスタルをおとすことにして、あたしは残りましょう。残らせて下さいよ、ダンカン」

「うーむ……」

「ダンカンどの、時がうつります」

ルースが云った。

「ともかく、では、それがしとリヌスは、手兵をまとめてきましょう。まだ戦の火ぶたが切っておとされたというわけではない、万一にも、ナリスさまがカリナエにこのまま戻ってこられることさえ、ないとはいいきれぬ。そのさい、まったくカリナエがご老体たち以外無人となっていては、それはたしかにナリスさまもお困りであろうから、あるていどの人数は、居残るものをつのって残らせることとして、なるべくお役にたちそうな騎士たちをランズベール城へあのかたのあとを慕ってうつらせるようにはからいます」

「そうしてくれ。それにしても、まだ、ナリスさまがお出かけになって、夜のあけぬうちとはな……あのご用心深いナリスさまでさえ、偽装で二、三日はもつだろうとおおせになっていたのに、早すぎる。……間者でも、いるのでなければよいのだが……」

「それはしかしわれらではもう考えてもせんないことだ。さあ、参りましょう、リヌスどの」

「心得た」

「居残り組はなるべく少なくしてくれよ」

ダンカンは声をかけた。うなづいて騎士たちが奥に入ってゆく。

「またしても、こんな日を迎えることになったとはな」

ダンカンは感慨深げに、そっとカリナエの美しい白い柱に手をやった。

「美しいカリナエ——呪いをかけられたカリナエ。なんだか、あの日の朝のことを思い出してならぬ」

「あの日か。わしも思いだしていた」

ガウスが云った。

「あの日だろう。ほら、アルシスさまがまだ若かったわしらをよんで、『いまから、クリスタル・パレスを攻めるぞ！』とおっしゃった、あの日の朝」

「ああ、あのときには、腰をぬかすほどびっくりした」

「こんどは、そこまではびっくりせなんだな。——もう、前々からわかっていたことでもあるし」

「しょせん、あれであがなわれたのはいつわりの平和だったのだな。——だからこそ、またこうして、ついえてゆくことになったのだろう。——アニミア、おぬしは知らぬだろう。あの朝のことは」

「覚えてますよ。でもあたしは、あのころは本当にまだうんと若いただの女官として、ターニア王妃さまのおそばにいたんです」

「ああ……そうか」

ガウスはいかにも感慨深そうであった。

「あんたは、もともとは、アル・リース王家につかえる女官だったんだな。……それが、リンダさまとナリスさまのご結婚でこうしてカリナエにやってきた。……本当はこのご結婚によって、呪われた兄弟相剋の血で血をあらういくさはおわるだろうと、みな期待しておったのにな……それだけが無念なことだ」

「あの石頭のレムスさまじゃしょうがない」

アニミアはつけつけといった。

「さあ、私はとにかくスニとほかの子たちをおとす手配をしてきましょう。こういうとき一番しっかりしているのは誰だろうな。やっぱりネリアかしらん。——それにおとすといっても……マルガまでは遠いし……女ばかりだと、万一国王がたにつかまっても可愛想なことになってもいけないし……」

「でもとにかくカリナエを出てしまえば、ちりぢりに当面身を隠すこともできようさ。ただ問題はスニだな」

「あれはもう、名高いからねえ……それに、見間違いようがないし」

困惑したようにアニミアは吐息をもらした。が、そのまま首をふって、また彼女も奥に入ってゆく。

「あのひとも、とんだことにまきこまれたものだな。気の毒に」

それを見送ってダンカンはつぶやいた。

「もともとは、国王派で当然の出自だというのにな。――が、まあ、あのひとは自分の娘のようにリンダさまを可愛がっていることだし……さあ、ガウス、ナリスさまに命じられた片付けはもうそっちは全部すんだのか」

「おおむねすんだが、これからお居間にうつるところでな。なにしろご本が多くて……」

「そうか。では私も手伝って……」

いいかけた瞬間だった。

ドンドンドンと激しく、とざされた玄関を手荒にノックする音が、はっと二人の老人の身をふるわせた。

「きたか？」

いきなり、ガウスがダンカンの腕をつかんでささやく。

「おかしい。早すぎる」

ダンカンはささやきかえした。

「さきにあの子爵が帰ったばかりだ。まだ、王宮まで往復してレムスさまに会って次の命令をうけとってくるだけの時間などありはせん。——だとしたら、もう、すでに、兵がふせてあって——それが……」

「だとしたら、さきの訪問までも、すでに仕組まれていたということになるぞ！」

ガウスは罵った。

「やはり、すべては、ナリスさまをおとしいれようとする陰謀なのか！　おのれ、国王！」

「開門！　開門されよ！　カリナエのひとびと！　開門！　国王陛下のご命令であるぞ！」

荒々しい怒鳴り声がひびいている。ガウスはくちびるをかんで、ダンカンに安心するようにうなづきかけ、あわててかけだしてきた近習を手で制してみずから巨大な玄関をあけにいった。

カリナエの小宮殿は小なりといえど、クリスタル大公にして第二王位継承権者たるパロの王子と、その妻にして王姉、第一王位継承権者である大公妃のすまいにふさわしい、非常な格式をそなえている。

主宮殿からはるかはなれた正門には優雅なかたちの鉄柵をそなえ、そこから車寄まで、両脇に美しい花々の咲き乱れる道がまがりながらのぼっている。そして、天井の高い玄関はまるでそれ自体が、貴族の館ならひとつの豪華な広間として使われるほどの広さと豪奢さをそなえている。

そして左右に別棟をそなえ、その両翼の建物にやさしく抱きかかえられるようにして、大広間や絢爛たる食堂、謁見の間などをそなえた主宮殿から奥に入っていったところに中庭をへだてた、ひっそりと奥まったナリスの居室の一画がある——広大でいりくんだクリスタル・パレスにくらべてみれば、ごく小さいとはいいながら、その分、ゆきとどいたセンスのよさと、嫌味にならない、典雅そのものの高雅な豪奢さをそなえた建物は、あるじ同様、パロ一——ということは中原一、美しい宮殿といわれても少しの恥ずるところもないといってよい。

いたるところに小庭園があり、それらのすべてをつないでいる白い、カナン様式の回廊があり——美しく、豪華で、平和な、この世の楽園——それがカリナエである。

ガウスは天井までとどくほどたけ高い、象嵌でルーンの意匠をうめこんである扉をあけた。とたんに、荒々しくつきこまれた槍の穂先が、ガッと組み合わされた。

「な、何を——」

ガウスがひっくりかえりそうになるのを、かけよったダンカンがささえた。

「パロ聖王家をお守りする、聖騎士伯マルティニアスである！」

騎乗のままの、聖騎士の鎧かぶとをつけ、長いマントをつけた長身の聖騎士が叫んだ。そして、馬からひらりととびおりた。かたわらに、先刻の近衛隊長ローランがしたがっている。

かれらのうしろに、おびただしい数の聖騎士と、そして近衛騎士がカリナエの前庭を埋めているのをダンカンは見た。

「第二王位継承権者、カレニア王、マルガ伯爵、クリスタル大公アルド・ナリスどの、国王陛下への謀反計画の容疑により、取り調べさせていただく！ クリスタル大公殿下をこれへ！」

「慮外！」

ガウスはそれでもまだ、声をはげまして叫んだ。

「いかなる証拠あって、われら主人が！ 謀反計画とはいかなる言い掛かりか！」

「問答無用」

マルティニアスはずかずかと美しいカリナエの玄関へおし入ってきた。覚えず、はなたれる殺気めいたものに、ダンカンとガウスは心ならずもあとずさりする。うしろから、カリナエの騎士たちがかけだしてきたが、このさまをみてはっとなった。ダンカンがあわてて、かれらを制する。

「マルティニアス聖騎士伯閣下、私はカリナエの執事長ダンカンでございます。さきほどの、ローラン隊長へのお手向かいの件につきましては、すべての責任はこのダンカンにございまして……あッ」

「その二人をひっくくれ」

容赦なく、マルティニアスは命じた。

たちまち、ダンカンとガウスとの老いたからだに、近衛騎士たちの縄がかけられた。二人はあらがういとまさえあたえられずに高手小手に縛り上げられたまま、思わず狂おしい目を見合せた。

「何ゆえのご捕縛か！」

ダンカンが声をはりあげた。

「あまりといえばご無体！　国王陛下の訴状はおもちあわせか！　ナリスさまは王姉殿下を妻とされる、貴い王子殿下、そのおかたにかくも乱暴なしうち、のちに間違いであったでゆるされるものではございませんぞ！」

「黙れ、じじい」

マルティニアスはたけだけしく叫んだ。うろたえて集まってきた女官たち、小姓たち、そして騎士たちが、どうしたものかと顔をみあわせ、ダンカンたちの縛り上げられたすがたにおろおろとするようすを傲慢にかぶとのかげから見回す。

「手向かいするものはすべてひっくくる」

マルティニアスは宣言した。たちまち女官たちの口から悲鳴がおこった。

「さあ、まかりとおるぞ。ローラン、この執事どもをひったてて案内させろ。ドムス、おかしな動きをするものあらばとりおさえろ。手向かいするものは切り倒してもかまわぬとのご命令だ。手向かいするな――剣をもってかかってくるものはすべて切り捨てるぞ！」

その声をきいて、カリナエの典雅な、日頃はあるじがことのほか騒音をいとうがゆえにひっそりとしずまりかえっている宮殿のなかに、たちまち女たちの悲鳴がみちた。女官たちは金切声をあげながら奥に逃げ込んでゆこうとする。

「この宮殿の周囲はすべて包囲された」

マルティニアスは、はっと騒ぎをきいて首をのぞかせたリヌスたち、この館の騎士たちにきかせるかのように声を張った。

「すでに、カリナエはチーチー一匹はいでるすきまもないよう、近衛騎士団二個大隊及び、聖騎士団一個大隊によって包囲されている。ただいまより、逃亡しようとても無駄なことだと心得るがよい。館のひとびと」

「なにゆえもって！」

ダンカンはさらに声をふりしぼった。

「なにゆえのこのお沙汰！　得心がゆかぬ！　ご説明を！」

「説明はおのれの胸にきくが一番よいと心得るが」

あざけるようにマルティニアスがいすてた。そして、ずんずんと先にたって、美しいカリナエの回廊にふみこんでいった。

ゆくさきざきで、悲鳴をあげて、女官たちが左右に逃げ出し、そして驚愕した下働きや、幼い小姓たちがひとかたまりになってふるえていた。マルティニアスを先頭にたてて、国王の騎士たちはずかずかと、日頃ならばかれらの身分では足をふみいれることさえゆるされなかったであろう、豪奢でしずまりかえったカリナエの奥殿へとどんどん入ってゆく。そのマルティニアスのすぐうしろに、うしろから騎士たちに縄尻をとられ、こづきまわされながら、ガウスとダンカンがひったてられてゆく。

「リヌス」

リヌスのかたわらに、そっとよりそったこれもナリスの騎士のガンがそっとささやいた。

「誰か、なんとかしてこのことをナリスさまにご報告せねば……」

「うむ、とりあえず、女官でも小姓でもいい。気のきいたものをどこかに隠れさせろ。兵隊たちがひきあげるのを待っていて、万一全員ひっくくられたらどうしようもない」

「魔道師たちは全員ナリスさまとご一緒にいってしまったからな……よし。何人かえらんで隠れさせ……騎士に何人かそっとしのび出られるかどうかやらせよう」

「それがワナで、あとをつけられることにだけは、必ず気をつけてくれといっておけ。ガン」

「わかった」

ささやきあって、騎士たちがこそこそと無数の室のなかへとびこんでゆくのを、マルティニアスは、お前たち下っぱの陪臣の考えることなど、すべてわかっているといいたげにふんと鼻で笑った。

「おまち下さい」

回廊をとおりぬけ、ルノリアの園をずかずかと横切って、いよいよナリスの居住区のなかに入ろうとするとき、飛出してきたのは、デビ・アニミアだった。

「ここは、ここから先は女宮、リンダ大公妃殿下のご居室でございますよ！　男性はかるがるしくお入りになることは許されません。お引き取り下さい！」

「ひっくくれ」

無情に、マルティニアスが命じた。ただちにデビ・アニミアにも縄がかけられた。悲鳴をあげて泣きまどう女官たちは容赦なく追い払われた。

「この、野蛮人の礼儀知らずども！」

デビ・アニミアは怒鳴った——が、そのままガウスたちと一緒にひったてられて、奥にひきずってゆかれた。

「ここからだな。ナリスさまのお住居は」

マルティニアスはかぶとのひさしをおしあげて、物珍しそうにあたりを見回す。奥の居間にゆくためには、ひっそりとしずまりかえっている、いくつもつらなる浴室、休憩室、その反対側にならんでいる衣裳室、小客間などのあいだをぬけてゆかねばならぬ。

「さすがに、贅沢きわまりないものだな」

ぶえんりょに、マルティニアスが評した。そのつきあたりにあるドアをあけると、巨大な、天井までぎっしりと本のならんでいる書庫であった。

「本ばかり、よくもこんなに集めたものだな」

マルティニアスはまたしてもぶえんりょに評した。それから、

「おい、お前、危険思想とみなされる書物がないかどうか、さっと調べておけ」

近衛の小隊長のひとりに命じると、さっとそのつきあたりのドアをあけた。

そこは、控の間になっていた。そこから先がナリスの本当にプライヴェートな居住区である。

「なんだか、いいにおいがするな」

マルティニアスは鼻をうごめかしてつぶやいた。

「まるで、貴婦人の室のようだ。——おい、家令、これはまさか大公妃さまのお部屋のほうじゃないのだろうな」

「……………」

ガウスもダンカンも何もこたえるものかと歯をくいしばる。うしろのほうでは、カリナエの騎士たちと、近衛騎士たちがこぜりあいをおこしているのだろうか、かすかな罵声や、何かのこわれるような音がきこえてくる。ダンカンとガウスは歯をくいしばって無念の目をみかわした。カリナエをおのれのいのちよりも大切に守ってきたこの二人の老家臣たちにとっては、こんなふうにしてカリナエがふみにじられるほどの苦痛と屈辱と怒りはあるものではなかった。

「——ここが、ナリス公のご寝室か？」

マルティニアスはそれでも、優雅な天井のたかい回廊のつきあたりにひっそりとしずまっている扉の前で、足をとめた。

「おい、誰か、さきぶれを申上げてこい。ナリス公に、聖騎士伯マルティニアスが、国王陛下のご命令により、ナリス公捕縛に参上したとな……」

「おのれ――！」

ふいに――

甲高い声が重苦しい静寂をつらぬいた。

「慮外者！　ナリスさまのお寝間を汚すな！」

いきなり、おどりでてきたのは、まだ十三、四歳のごく幼い小姓二人であった。思い詰めた形相で、その手にちいさな剣が光っている。

「あァッ！」

ダンカンたちは覚えず悲鳴をあげた。

「何をする！」

「やめるのよ、ばか！」

「無礼者！　ナリスさまのお寝間を汚すなら、このエニスがゆるさぬ！」

「なんだと――」

声が交錯した――

次の刹那。

無慈悲なマルティニアスの剣が、むざんにも、少年たちのひとりの細い首を空中にはねとばし、かえす刀でもうひとりの小姓の胸をえぐった。

絶叫とともに小姓たちのからだが廊下に倒れ込んでゆく。アニミアは金切声をあげた。

「なんてことを！　ああ――！　なんてことを――！」

そのまま気が遠くなって倒れかかるのを、あわててまわりの騎士がうけとめる。少年たちのほっそりしたからだは、むざんにもかたほうは首を失い、かたほうは噴水のようにふきだす鮮血にまみれて、カリナエの廊下を血にそめて横たわっていた。一緒に飛出す勇気がなくて柱のかげに立ちすくんでいたらしい別の小姓たちの口からおそろしい悲鳴があがった。

「ああ！　エニス！」

「ミル――ミル！」

「邪魔だてするものは子供たりとも容赦せぬ」

マルティニアスは非情にいいすてた。

「さあ、陛下のご命令だ！　クリスタル大公殿下、お寝間を汚しまするぞ、ご無礼！」

「やめて、やめて！」

アニミアが悲鳴をあげつづける。

「そのばばあをあっちへ連れてゆけ」

マルティニアスは命じた。そして、ぐいと手をかけて、カリナエの奥づとめのものたちにはいやというほど見慣れた、その天井のたかい、うすぐらい寝室のなかにずかずかと入り込んだ。

そこで、そのまま足をとめる。

寝室は、全体に、高価で手のこんだししゅうをほどこしたクムのゴルロン織を壁にはり、暗いバラ色を基盤にして、落ち着けるよう暗いめの色調に統一された、きわめて美しい室であった。もう、一日の大半をナリスがそこですごさざるを得ないようになってからは、寝室とはいえかつてのように夜のためだけではなく、昼にあるじがいごこちよくすごすための設備もいろいろととのえられ、ちいさな書棚や、ベッドわきのテーブルも前とはことなるものにとりかえられている。

高い、丸天井の寝室の中央に天蓋のついた豪華な大きな寝台があり、その頭板には、またとなく美しい、ヤヌス十二神の神話の絵が描かれていた。寝台の左手は大きな張り出し窓のある、まるく張り出したサンルームふうになっており、高価なくもの巣のように繊細なレースのカーテンとびろうどのボタン色の重たいカーテンが二重にかけられている。いまはそれは開いてレースだけになっていたので、そのむこうに、あかあかと燃えるようなルノリアの花盛りの庭がひろがっているのがみえた。

家具はすべて、象嵌模様で統一され、そのふちどりには鈍い黄金色の塗りがほどこされて、空気にはかぐわしいサルビオのかすかな芳香が漂っている――そして、その、巨大な天蓋つきの寝台は、もぬけのからであった。

ひっそりと、きちんととととのえられた寝台が人待ち顔にしずまりかえっている。室の隅々に巨大なアラバスターに黄金のかざりをつけた壺がおかれ、そこにはいかにもけさ庭園から切出してきていけられたらしく新鮮そのものの、美しいルノリアがぎっしりといけられて室全体にただようサルビオのかおりの上に、さらにかぐわしい甘い芳香をそえていた。

「ふん」

マルティニアスは意外そうな顔さえしなかった。

「やはりな」

いうなり、つかつかと寝台に近づいていって、いきなり、白いうすい清潔なカバーをかけた布団と工夫をこらしたいくつもの枕の上に、とても美しいしじゅうの布のベッドカバーがかけられている寝台に手をかけ、布団とカバーとを乱暴にめくりかえす。ダンカンでさえ悲鳴をあげた――まるで、かよわく花のようなあるじそのひとにその乱暴なぶこつな手をかけられたかのような錯覚があった。

「何をする。無礼者！」

「冷えている」

マルティニアスはきく耳もたぬようすで手をのばし、貴いひとの寝台に手をさしいれて、さわってみた。

「少なくとも、けさがたまで使っていたというようすじゃないな。冷え切っている。……さきほどのぞいてみたが、浴室もすっかりかわいていたし――おい、家令、執事。これはどういうことだ？　それとも、さきぶれをきくなり、クリスタル大公はカリナエを逃亡した、とでも申立てるか？」

4

「ナリスさまは逃亡などしておいでになりませぬ」

ダンカンはけわしく云った。

「ナリスさまには、何も逃亡なさるようなうしろぐらい理由はおありにならぬ」

「ならば、これはどういうことだ？——おい、皆、探せ。部屋じゅう、探すんだ」

「何をする」

ガウスがたまりかねて怒鳴った。

「無礼な！　いやしくも、パロの王子、クリスタル大公殿下の——」

「うるさい」

マルティニアスは吐き捨てた。

「その王子殿下はいったいどこに逃げた。おい、探すんだ。何か、手掛りになりそうなものがあったらそれも見落さずひろっておけ。——どうせ、陛下のおっしゃったとおりだがな。クリスタルの反逆大公は昨夜のうちにカリナエを捨てて逃亡したんだ。おのれの罪と反逆のたくらみがいよいよ露見しそうだと悟ってな」

「な……」
　ダンカンは声をあげた。
「何といわれた。おのれの罪と反逆のたくらみ！　いったい、何のことです。何というい
がかりを！」
「もう、いくらとりつくろってみても無駄だ。すべては露見したんだ」
　マルティニアスはみずから、室を横切り、あちこちの美しいカーテンをめくったり、寝台
の下をのぞきこんだりした。それから、この瀟洒な寝室には文字どおりだれもいないとわか
ると舌打ちをした。
「探せ。このあたりの一画をしらみつぶしにさがすんだ。カバーはひっぺがし、秘密扉など
がないかどうか確かめろ。なにしろ、名うての陰謀家、クリスタル大公アルド・ナリスの私
邸だからな。どんなたくらみやからくりがめぐらされているか知れたもんじゃないぞ。——
それから、そっちの一隊は、書斎を探して、反逆の手がかりになりそうなものを探せ。どん
なものでも、書類だったら全部箱にいれてまとめて持ち帰れ。——クリスタル大公は魔道に
もたけているとうわさされている。魔道を使って何か秘密文書でも隠してある可能性もある。
壁をたたいてみて、空洞がありそうだったらそこを突き破ってみろ」
「なんだと！」
　逆上してダンカンが叫んだ。
「そんなことをさせてたまるものか！　このカリナエの宮殿は、クリスタルで一番美しい都

——ウッ」

縛られたままたまりかねてマルティニアスに飛びかかろうとしたダンカンの老いた脇腹を、容赦なくマルティニアスの分厚い軍靴が蹴ったのだった。ダンカンはグッとうめき声をあげてうつぶせに倒れ、苦痛に身を硬直させた。

「ダンカン！——なんて、なんて無法な！」

ガウスは声をふりしぼった。

「これが、国王陛下の——パロ聖王陛下のご命令だというのか！　パロ王には、おのれの義兄にたいする敬意も礼儀作法もしんしゃくも、なにひとつないのか！」

「そんなものを要求できるのは、義兄であるうちだけさ」

マルティニアスは嘲笑った。

「いまはもう、クリスタル大公はただの反逆者——とらえられればもっともきびしい拷問の上、極刑に処されるだけの罪人でしかないのだ。さあ、者ども、どうだ、そちらの室には、隠し扉や、クリスタル大公がひそんでいられる秘密の隠し部屋などはなさそうか」

「書斎には、隠し部屋の小部屋がありました。書棚の裏があくようになっておりました」

部下が報告にきた。

「が、そこも誰もおりませんでした。机のひきだしはどれも鍵がかかるようになっておりましてあきません」

「それこそ秘密書類の置き場ときまったようなものだな。徹底的にひっくりかえせ——家探

ししろ。机がどうしてもあかなければ、ぶち壊すとたとえば書類が消滅するようなつまらん手妻をしかけてないものでもない、あやしい魔道大公だからな。いいとも、その机ごと運びだして聖王宮に運びこめ。あとは魔道士どもがやってくれるだろう」

「ダンカン――！」

「おのれ……」

ダンカンとガウスは煮えるような怒りの涙をにじませて、うちこわされてゆく、かれらの聖域を見つめた。

ナリスが愛し、日々愛用していた机が容赦なくぶこつな手で開かれようとし、ナリスの愛読する本が本棚から放り出されて床に散乱し、そして手紙たての手紙がみな没収されてしまいこまれる。うしろになにかあるかと額はははぎとられて放り出され、美しいみごとな古典的な女神の絵も、あでやかな大公妃の肖像も床に投出されてゆく。それは、かえって、生身のひとに対するよりもさえ、おそろしく残虐な、徹底的な凌辱を思わせる光景であった。ダンカンとガウスのからだが、煮えくり返るようないきどおりと憤怒にガタガタふるえはじめ、ダンカンは脾腹を蹴られたいたみさえも忘れた。

「おのれ――おのれ！　国王……」

「隊長！　カリナエ騎士団は、どうやらこの邸を撤収にまさに入ろうとしていたところのようです」

かけこんできた騎士がマルティニアスに報告した。

「現在この邸には、四百人あまりの騎士が警護に残っておりましたが、その大半が、荷物をまとめ、武装しておりました。……いまのところ、大広間にまとめて集めて命令を待たせてありますが……武装解除を命じて拒否された場合には、場合によってはかなりのもめごとになりそうです。いかがはからいましょうか」

「ともかく、邸から外に出し、近衛騎士団の一個中隊でとりこめて、聖王宮へひったてろ」

マルティニアスはためらいなく命じた。

「武装解除をうけいれ、降伏すれば生命は助けてやるといいわたせ。さもなくばこの場で力づくで武装解除だ。——外の援軍をよびいれ、騎士たちをとにかく宮殿のなかから連れだせ」

「かしこまりました」

騎士は出ていった。マルティニアスはふと、眉をひそめて、寝台のかたわらのテーブルのひきだしのなかを見つめ、手をさしいれて、そこにあったものを取りだした。

「なんだ、これは……」

マルティニアスのおもてに、奇妙な表情がうかんだ。

「これは、カギだな……だが、どこのカギだ」

マルティニアスは老家令をふりむいた。

「おい、じじい。このカギは、ずいぶん大きいようだが、どこのカギだ」

「……」

「云わんか。この強情者め」

マルティニアスの手があがり、ガウスの顔を打った。ガウスは折れた歯をふきとばし、声もあげなかった。

「ち……まあいい。どうせ、吐いてもらうことは山のようにあるのだからな。まずはともかく、反逆大公のお行方だ。……おい、ひったてろ。こちらはもうめぼしいものはないな」

「はッ」

「大公のお行方の手がかりになりそうなものはあったか」

「こちらは、何も――」

「衣裳室には、大半の衣裳がそのまま残されております」

そちらを調べていた騎士が報告に入ってきた。

「書物も、かなり愛読していたようすのものもそのまま残っておりましたし――財宝もそのままになっておりました。奥方の装身具などですが」

「ばちあたりめが……」

たまりかねたようにガウスはつぶやく。その縄じりがまたぐいとひったてられた。

「よし、ともかく、大公は逃亡した。それを、王宮にご報告にいったん戻るぞ。この二人は王宮へ連れてゆけ」

「あの女官長はどういたしますか」

「ああ、あのばばあはうるさいからいい。女どもは放っておけ。何もご命令はうけとらん」

「はッ！」

陰気な行列は、さきほどとは逆の道をたどって、玄関のほうへとひきかえした。

その途中も、ガウスとダンカンを動転させ、逆上させるような狼藉のさまがつぎつぎとあきらかになった――騎士たちは命令どおり徹底的に美しいカリナエを容赦なく捜索してまわったのだった。カーテンはひきちぎられ、額はすべて投げおとされ、うしろのかくし扉の有無を調べるためだろう、家具はどけられ、壁龕の美しい彫像は乱暴に横倒しになり、カリナエの、ことにナリスの居住しているあたりは徹底的な暴行と凌辱とを受けて、むざんなすがたをさらしていた。

とうとう、ダンカンの目からは煮えるような涙がこぼれおちた――老いの一徹のこの忠臣にとっては、とうていたえがたい乱暴狼藉だったのだ。しかもそれが、ほかならぬ大公妃の弟、あるじ自身の義弟である国王の命令によってなされた凌辱である、ということが、ダンカンのはらわたをいっそう煮えくりかえらせていた。途中から、デビ・アニミアをひったてた兵士たちも合流した。

「ナリスさま……ナリスさま……お許し下さい」

ダンカンはうめくようにつぶやいた。

「私は、カリナエを守り通すこともできませなんだ……」

ダンカンは涙にかすむ目に、美しい白い円柱のたちならぶ回廊のむこうにひろがる、真紅のあざやかなルノリアの園を見やった。

玄関のフロアに戻ると、ローランたちが待っていた。

「マルティニアス聖騎士伯、騎士どもが強情で、なかなか武装解除を承諾いたしません」

ローランは困惑したようにいった。

「いかがいたしましょう。力づくで、いたしますか」

「いや、そうすると、ここで早くもひとさわぎもちあがるおそれがありますぞ」

マルティニアスにつきそっていた副官があわてていった。

「とりあえず、おとなしくつきしたがっているようなら、そのまま王宮へ同行させては」

「家令」

マルティニアスは命じた。

「カリナエの騎士どもに、もう騒いでもせんないことだと説得し、いったん王宮へわれわれと同行するよう命じろ。そうすれば、怪我人も、これ以上の死人も出なくてすむぞ」

「そうしよう。ダンカン」

ガウスはささやいた。

「ともかく、ここでいくら死人を出してもナリスさまのおためにはならぬ。——皆に、いたずらにさからうなとあんたの口からいってくれ」

「………」

ダンカンは、痛恨の目で、ただじっと、燃えるようなルノリアを見つめている。

突然、その口から、けものじみた咆哮がもれた。

「ナリスさまっ！　お先に参ります！」

ダンカンは叫んだ。そしていきなり、縄をとっていた騎士をふりもぎり、頭から、マルティニアスめがけて突進した。

「この、外道め――――！」

「老いぼれ！」

マルティニアスの剣がひらめいた。次の瞬間、マルティニアスの大剣がふかぶかとダンカンののどを突きえぐっていた。

「ワアアアアッ！」

「あ、あ……あああ！」

ガウスと、アニミアの口から悲鳴がほとばしったとき――

忠実な老執事は、のどの傷から鮮血をふきだしながら、終生愛したカリナエの玄関の広間に倒れ込んだ。

「ダンカン――――！」

悲鳴と、嗚咽――

そして、悲痛な叫びがカリナエをみたした。

ルノリアの花は、何も知らぬげに、鮮血の紅をしたたらせんばかりに燃え盛っている。

「――気がついたか」

ぶきみな声がかけられたとき、ヴァレリウスは、激しくいたむ目をやっとの思いで見開いた。目も頭もからだじゅうがずきずきとうずき、まるで万力にでもかけてしめあげられたかのように重かった。

「ウ……」

「どうした。これしきの打擲で、それほどこたえたか。意気地のないやつめ——そんなことで、魔道師ギルドの上級魔道師のとよく、見得を切れたものだな」

「ウ……」

ヴァレリウスは、あえぎながらおのれのからだの状態をさぐった。

(俺は……俺は、あの……白亜の塔で……)

(虜囚——)

目をひらいても、あたりは暗かった。

それは、ヴァレリウスの視力のせいではなく、室内に、うすあかりしかなかったからだった。それは暗く、そしてヴァレリウスの魔道師の感覚には妙に圧迫感を感じさせる、ぶきみな石づくりの地下牢のなかだった。

「こ……こは……」

「ヤーンの塔の地下牢だ」

低い、重々しい声がこたえた。

「ランズベール塔の牢でなかっただけ、有難いと思うことだな。——魔道師をあそこにいれるわけにはゆかぬ。あそこには、魔道師は出入り自由だというばかげた話はどうやら、本当らしいからな」

「……」

ヴァレリウスは、とかくくっつきたがる目をむりやりこじあけて、前をみた。かれの前に、黒い不吉な影がたちはだかっていた。

（ヤンダル――ゾッグ……）

いや、違う。

確かに黒い瘴気をただよわせてはいるが、それは、先刻のあの圧倒的なまでの凶々しい、恐しい竜王の――かつて見たこともないほどに強力な魔人の鬼気とは似ても似つかぬものであった。それは牢番の魔道士であるようだった。

（迂闊なことを）

ヴァレリウスはふっとかすかに心のなかであざわらった。

（この俺を、こんなふうにいましめて……それで、少しでも、とらえたつもりか。ばかめ……）

彼は、上半身はだかにむかれていた。両手と両足を大きくひろげて壁につくりつけた重たい、冷たい鉄の鎖に縛りつけられている。首のところにも、壁から出た鎖がまきつけられている。背中に、石壁の冷たいぬるりとしたイヤな感触があった。むろん、首からかけていたものも、さまざまな魔道の道具もろともすべてとりあげられている。

(からだは……)

ヴァレリウスは目をとじて、そっとおのれの体内にその感覚をむけた。

(骨は……折れてるところはない。……打ち身はかなり左側がひどいようだが……腕も、足も、手も……使える。……そうか、俺は……あの魔王めのために、結界に激突して……そして、《閉じた空間》に入ろうとしかけたところをひきもどされて……)

術に入りかけたところでひきもどされたり、中断されるのは、上位の魔道師であればあるほど精神集中が高くなるだけに、普通の人間ならばすごい勢いで殴られるのに相当する、ものすごい苦痛をともなう衝撃である。

(ヤーンの塔か……)

それほど、悪い選択でもない、とひそかにヴァレリウスは考えた。そこからなら、カリナエはそれほど遠くない。

(いや……ランズベール城も近い。……どちらにしても、あのかたはもうカリナエにはいらっしゃらない)

いきなり、意識をとりもどすなり思い浮かぶのは、ナリスの身の安全だ。

(俺が……早く戻らないと……あのかたは……)

いまはもっとも大切なときだ。もう露見してしまった——いや、もはやたたかいがはじまった以上、もうこのあとはひたすらたたかいつづけてゆくほかはない。その、いよいよ戦端のひらいたときとなって、参謀であり、ともにたたかう最大の腹心である自分がいなくては、ナリスはさぞかし困るだろう。

（とにかく……いまは……けっこう、からだもやられたようだから……目のまえにこいつのいる状態では……）

その、牢番をかねているらしい魔道士の魔道のレベルなど、見ただけでわかる。よくみると、ドアのところにも二人ほどうずくまっている黒いすがたがある。が、三人あわせても、とうてい、自分の魔力を封じられるだけの力になるようなランクの魔道士ではない。が、《閉じた空間》を使うときには、かなりの精神集中が必要になる。ことに、この石牢のように、壁が分厚ければいっそうのことだ。それと同時に、この三人の魔道士が張っている結界をうちやぶるには、いまは体力が足りない。

（まず……ちょっと力をたくわえて……魔道士どもの結界を破り——それから、一気に、飛ぼう）

ヴァレリウスは深く息をすいこんだ。

そのときだった。

「どうした。気がついたか、罪人は」

石牢のドアが重たいきしむ音をたててあいた。

（…………！）

ヴァレリウスは瞬時に、気を失ったふりをしようとした。だが、駄目だった。

「気がついているようだな」

ひややかな声がいった。

(どうだ、灰色の目の魔道師よ——気分はどうだ?)

脳のなかに、ぶきみな冷たい指がはいりこんできて、ヴァレリウスの脳味噌をひっかきまわすような、おぞましい感触があった。

(ウ……)

ヴァレリウスは、くちびるをかんでたえる。

「パロ宰相、上級魔道師ヴァレリウス」

ひややかな、あざけるような声がいった。かれの前に立ったのは、重たい長いフードつきの、だが魔道師のそれではないマントにすっぽり身をかくし、痩せた顔と青白く光っている目だけをのぞかせた、レムスの顔だった。

「お前はこれより、もっとも重大なる、パロ聖王への反逆に加担し、祖国を裏切った謀反の罪により、国家反逆者としてすべての官位を剝奪され、自由を束縛されることとなった」

レムスの声が単調に告げた。

(ばかなことをしたものだな、灰色の目の魔道師よ)

それと同時に、あざけるような心話がヴァレリウスの脳に流れこんでくる。目のまえの人間の口からことばがもれ、同時にその人間のなかに巣くっている別の存在の心話が流れ込んでくる——それは、魔道師のヴァレリウスには、珍しいことではなかったが、それにともなうぞっとするような瘴気と冷気ゆえに、ひどくおぞましい体験だった。

「まず、そのほうには、このたびの重大なる反逆にくみした者すべての姓名を、白状してもらわねばならぬ。——魔道師ヴァレリウス、もはや逃れられぬところだ。すべてをありていに白状すれば、いらざる責めの苦しみにはあわずにすむぞ」

「……」

（もう、どうせ、われにはすべてわかっておることだ——いま、お前の最愛の姫君がどこにいるかということもな。その消息が知りたくはないか？　ええ？）

あざけるような心話がヴァレリウスをかきみだす。

（どうせ、これは茶番だ……お前は、そのこともわかっていたはずだ）

（……）

ヴァレリウスは、こたえなかった。

すべての感覚と心をとざし、きつく目をとじる。背中から冷気がじかにたちのぼってくる。——《レムス》がそのうしろに数人の黒い影をしたがえ、この石牢のなかに入ってきたとたんに、ぞっとするほどの瘴気と、おそるべき凶気とが室のなかにみち——同時に、ヴァレリウスがこのようなものは破るのなどわけもないと思っていた、魔道士たちの張った結界とはくらべものにならぬ、ずしんとこたえる力で、室のなかがとざされ、封鎖されるのが感じられた。同時に、ヴァレリウスをいましめている両手首と足首、それに首の鎖とかせとに、ずしりと、恐しい魔力の重みが加わった。

（くそ……）

心をとざしたその下で、ヴァレリウスはひそかに舌打ちをする。

（とにかく……こやつには……無念だが俺の魔力はまったくかなわない――手も足もでない。無念だが……ともかくいまはじっとたえしのび――こやつが去ってまたもとのように、さっきの魔道士たちの結界だけになるまで……待っているほかはない。とにかく、一刻も早くナリスさまのもとに戻らなくては……あのかたはいまごろ……）

どうしているだろう。

どこか、加減の悪いことはないだろうか。どこか、いたみはせぬだろうか。環境がいちじるしくかわったが、無事、落ち着いているだろうか――そのひとのことさえ思えば、たちまちにヴァレリウスのなかに、惑乱にも似た妄執がつきあげてくる。

（ナリスさま――ご心配なさいますな。……ヴァレリウスは、すぐにでも……こんなところは脱出して……）

無事にのがれられれば、これまでわからなかったさまざまな事実をずいぶんと明確につかむことができたのだ。それだけでも、収穫がなかったとはいえない。

だが、それも、とにかく、このおそろしい魔王が自分にむける《気》をやめてくれたあとでなくてはどうにもならぬ。

（それにしても……なんという冷気だろう……まるで……地獄からふきあげてくるみたいな……）

恐しい対面をしいられたさきほどでさえ、これほどに瘴気をつよく感じることはなかったはずだ。

ヴァレリウスが、心中ひそかにうめいたときだった。

「――それだけの容疑がお前にはかけられている。魔道師、ヴァレリウス」

ひややかな《レムス》の声が、妙に淡々といいつづけていたそのひびきがようやくヴァレリウスの耳にとどいてきた。

「どの容疑をとってもきわめて重大につき、お前のこのさきの審問を、この者を審問委員長として全権をゆだねることに余は決定した。この者ならば、お前ともゆかり深く、お前もまた負い目ある身ゆえ、他のものへは示さぬ従順をでも示すかもしれぬからな。――よいか、ヴァレリウスの審問は、お前にまかせるぞ。リーナス」

「かしこまりました」

(な……)

ヴァレリウスは、瞬間、何を自分が耳にしたのか、わからなかった。

だが、次の瞬間。

「ワ………」

ヴァレリウスの口から、めったにほとばしることのない、獣のような――恐怖と、不信と――そして驚愕のあまりの絶叫がほとばしっていた!

「ワアアアアッ！　アアアーッ！　リ、リ……」

「このリーナス、間違いなく、陛下のご命令をうけたまわりました」

にぶい――

かつてのリーナスとは似ても似つかぬ何の感情もない声が云った。そして、どんよりとにごった、死人の目が、まっすぐに、何の感情もなくヴァレリウスを――いましめられたヴァレリウスを見た。

「決して私情をまじえることなく、ご命令の事実をすべて白状させるまで、やすむことなく責め苛んでごらんにいれまする。――よいか、ヴァレリウス、すみやかに一味の名を白状すればよし、さもなくば――」

「ア……」

ヴァレリウスの目は、極限まで見開かれ、白目がぐるりとあらわれていた。

その顔は、信じがたいものを見たもののどん底の恐怖に、真っ白になっていた。そのヴァレリウスめがけて、のろのろと、《リーナス》の――あるいはかつてはそう呼ばれていた亡霊の手にした鞭がふりあげられた。

最初の一撃が、おのれの痩せた脇腹に恐しい衝撃とともに血をしぶかせるのを感じながら、ヴァレリウスは、なおも、死人のよみがえりを目のあたりにした恐怖に、凍りついたままであった。

あとがき

お待たせいたしました。「グイン・サーガ」第七一巻『嵐のルノリア』をお届けいたします。前の巻『豹頭王の誕生』（七〇巻）の後半から、物語はいよいよパロにもどり、そしてとうとうクライマックスへと……入ってゆくんでしょうか？　いまのところはどうもよくわかりません。なんだかただ、話はどんどん思いがけない方向、思いがけない方向へと、作者のコントロールさえはなれて展開してゆこうとしている、というそういう気がします。

これを書いているのは二〇〇〇年の二月四日、節分の翌日ですが、どうやら無事、心配されていた二〇〇〇年問題もたいていのコンピュータはクリアしたようで――私のやつはいたって旧式だものですから、かなりひっかかりまして（^^;）二〇〇〇年がきて以来、「きょうは一九九一年の三月十三日だ」と主張しつづけておりますし（爆）またニフティにアクセスすると、「最終ログインは一〇〇年の一月一日だ」と主張しつづけているのですけれども（爆）まあ、ワープロとして使っている分にはきょうが西暦一〇〇年でもべつだん問題はない……と思うのですがねえ……皆さんはいかがでございましたか？

まあでもそれはともかくとして無事に新しい年がやってきて、そして一九〇〇年代は終わりました。ミレニアムは二〇〇〇年からか、それとも二〇〇一年からの二十一世紀からか、などとなんだかんだ議論もあったようですが、ともあれ私も先日ひさびさに八王子でサイン会をいたしまして、心配していたとおりまだこれまでの長年カラダが覚えていたままに「一九……」と書きはじめてしまうのですが、それでもなんとか「二〇〇〇年」と書くのにも馴れてきました。もっとも、「〇〇年」と書くのは私、どうしても気持がわるくてできません。このあたり、私も旧式なコンピュータみたいなものなのかもしれませんが。

ところで今回は珍しくも、花の名前がタイトルになっております。花の名前がタイトルというと『アムネリアの罠』くらいしか思い浮かばないのですが、特に「ルノリア」というのはなかなか、イメージのわきにくい花かなと思います。まあさいわい、去年「グイン・サーガ・ハンドブック2」というものが出たので、花や鳥についてもずいぶんと説明が出ましたが、そこにある「ルノリア」の項目をみても「真紅の大輪の花。あでやかな香りがする。花言葉は『私をみつめてください』『燃えるような愛』」とあるだけで花のようすのイメージはわきません。

で、このルノリアの花なんですが、なんというか、私的には、イメージが「ブーゲンビリア」なんですねえ。ただしブーゲンビリアはわりとショッキングピンクの花ですけれども、ルノリアはそれが真紅です。ハイビスカスかなとも思ったんですが、まああまり私のなかではハイビスカスって趣味のいい感じじゃないので（花としてはとても好きですし、うちのイグアナがとてもよろこんで食べるので（爆）よく栽培しておりますけどね）いうなれば「ハイビスカスのかかったブーゲンビリア」ってとこでしょうか。

私は花が好きだものですから、結果的にグインにもずいぶんいろいろな種類の花がでてきています。このうち色とかかたちがかなりはっきりしているものだけみてみると、アムネリアは黄色のすごく大輪の花で、花のかたちはまあ牡丹が一番近いという感じ——どっちかというとしゃくやくのほうがさらに感じでしょうか？　黄色のしゃくやく……おお、かなりうっとうしそう（爆）。

姫君の名前にもなったちっちゃな「マリニア」は、スズランみたいなイメージがあります。あれほどクセのあるかたちではないと思いますが、白い小さな草花です。私がよくルノリアと間違うマウリアは、ちょっとクチナシの感じかな。

それからロザリアは青です。青い、野菊って感じの——菊科の植物です。あと、北ケイロニアのナタール流域に多くみられる北の花「ナタリア」は、イメージ的には「鷺草」です。あれは中野区の区花なんですよね、たしか。なぜ中野区なんでしょう。

あとポピーみたいな花もあってほしいし、水仙もバラもぜひ欲しいのですが……まあサルビオはわりとバラな感じでしょうか。紫の花なんてのもあってほしいですね。そんなことを考えながらやっていると、そりゃもうひとつの全世界があるわけですから北の花、南の花、東の花、西の花、入り乱れてきりがありません。でも、こうやってタイトルに浮上するといちだんと愛着もますというものです。ほかにも動物、鳥、虫、神話伝説に名所旧跡など、ずいぶんといろいろなものを作ってきたんですね。先日パティオのかたが教えて下さったところでは、栗本が作りだした人間たちはすでに一万人をこえているそうです。恐しいことですね。それだけでひとつの決して小さからぬ町ができてしまう。

で、話はパロにもどり、そしてさらにさらに意外な展開へと突進してゆくのですが、本来は、ナリスさまファンでいて下さる皆様がそろそろと心配されていたとおり——予定では、ナリスさまは、だいたい七〇巻から八〇巻くらいのあいだをめどにお亡くなりになる予定でした。そういうことを書いちゃうというのは、ちょっとどうもようすがかわってきたからで——本来、キャラクターの皆様に進行の本筋はおまかせしてはいるのですが、大体あちこちの灯台に導かれ、マイルストーンには予定どおりたどりついていたはずのこの「グイン・サーガ」なのですが……どうも、このところナリスさまが妙に元気というか、健康におなりになりまして（爆）「こりゃ駄目だ」という……いや、駄目なのは、「あと五巻じゃ死にそうもないぞ」という感じなんですが（苦笑）最初はみるからにすぐ死んじゃいそうに見えていたくせに、いざ死ぬとこっちが決めてたときが近づいてきたら「死ぬのやだ」と云いだして全然いうことをきかない、というのは、これはほかに『朝日のあたる家』の今西良くんという先例があって、これも本来四巻のラストで死んでるはずだったのにいっこうに死ぬ気なんかない。だもんで結局この話もまさか全百巻にはならんでしょうがけっこうのびてしまいそうですが——しかし、キャラだってちゃんとうちでは本当の人間ですから、こっちの都合で殺そうといったって、運命がそうでなければ死にやしない。と思うと今回お亡くなりになっちゃったかたたちみたいに、まったくそんな気配さえなかったのにいきなり不慮の死を迎えたりなさいます。まったく現世のとおりなんですね。

だから、それでいくとまだどうなるかはわかりませんけど、なんかナリスさまのなかから多少「タナトス志向」が消えてしまったんだろうか、とかなり仰天しているわたくしです。でもまあ、ナリスさまのいない「グイン・サーガ」を二十巻も書くの、私も本当は淋しいから、いいんですけどね、いてくれたほうが。ナリスさまが亡くなれば当然ヴァレもだろうし……あの二人がいない「グイン・サーガ」というのもなんだか……。

ということでなんだかこのあとさらにさらに二転三転してゆきそうなパロの内乱ですけれど、どうなってゆくのかは私はもう何も考えずに、ヤーンにおまかせすることにします。

ところで七〇巻で告知させていただいた天狼出版刊行『ローデス・サーガ　南からきた男』はおかげさまで、なかなか好調の売れ行きをさせていただいておりまして、有難うございます。冬コミでも、持っていった千部以上がすべて売り切ってあわてて追加をとりにゆき、それも売り切る、という好成績をあげさせていただきました。先日八王子でサイン会をしたさいには、男性のかたがいつになく多くて、その男性がみなこの「ローデス・サーガ」を持っているのがかなり「げげーっ。それでもヤオイですよっ」という感じでしたが、この本でヤオイバージンを喪失した、とおっしゃるかたもかなり多いようです。でもさいわい、男性のかたにも「ヤオイでも面白い」といっていただいていることも多いようでよかったよかった。でも、このシリーズ、根本的にどヤオイですから、どうか表紙の美しいロベルトさまを女性と間違えてお求めにならないで下さいね（笑）。

ひきつづきローデス・サーガは通販も受付けておりますし、また、天狼プロダクションのホームページを見ていただきますと、この本を取り扱っている書店リストがごらんになれます。ぜひ、御利用下さい。次回は「グイン・サーガ」のヤオイではありませんが、天狼叢書もひきつづき刊行される予定です。

ということで、読者プレゼントは岩瀬紀子さま、阿部真砂子さま、安藤智恵子さまの三名さまです。

さて、それではいよいよ意想外の展開と動乱に突入したパロ篇が当分続く「グイン・サーガ」、次回七二巻をどうぞお楽しみに！

二〇〇〇年二月四日

著者略歴　早稲田大学文学部卒
作家　著書『さらしなにっき』『あなたとワルツを踊りたい』『修　羅』『豹頭王の誕生』（以上早川書房刊）他多数

HM = Hayakawa Mystery
SF = Science Fiction
JA = Japanese Author
NV = Novel
NF = Nonfiction
FT = Fantasy

グイン・サーガ㉑

嵐《あらし》のルノリア

〈JA633〉

二〇〇〇年三月十日　印刷
二〇〇〇年三月十五日　発行

（定価はカバーに表示してあります）

著　者　栗《くり》本《もと》　薫《かおる》
発行者　早川　浩
印刷者　大柴正明
発行所　株式会社　早川書房
郵便番号　一〇一 - 〇〇四六
東京都千代田区神田多町二ノ二
電話　〇三-三二五二-三一一一（大代表）
振替　〇〇一六〇-三-四七七九九

乱丁・落丁本は小社制作部宛お送り下さい。
送料小社負担にてお取りかえいたします。

印刷・株式会社亨有堂印刷所　製本・大口製本印刷株式会社

ISBN4-15-030633-8 C0193